사랑의 집

샤갈의 집

발행일 1판 1쇄 2021년 4월 8일
지은이 김경실
발행인 이선우
펴낸곳 도서출판 선우미디어
        등록 | 1997. 8. 7 제 305-2014-000020호
        02643 서울특별시 동대문구 장한로12길 40, 101동 203호
        (장안동 우성3차아파트)
        ☎ 2272-3351, 3352 팩스: 2272-5540
        sunwoome@hanmail.net
        Printed in Korea ⓒ 2021. 김경실

값 15,000원

ISBN 978-89-5658-568-8 03650

에세이와 그림으로 전하는 그녀의 라이프스토리

샤갈의 집

김경실 화문집

선우미디어 sunwoomedia

겨울의 幻

그리 넓지 않은 창문을 통해 보여지는 하늘이 눈이 시리도록 상큼합니다. 오랜만에 찾아준 투명한 햇살을 가슴 가득 받아들입니다. 아! 얼마 만에 안겨 오는 따스함인가.

코로나19로 뉴노멀시대에 접어들었습니다. 지금껏 공감하던 삶의 가치들이 염병에 속수무책 무너지는 예외 상태가 낯설기만 합니다.

출판 준비를 하면서 왜, 하필 이 재난통에 애써 가꿔온 꿈 보따리를 풀어놓으려는가, 나 자신에게 질문했습니다. 그런데 인간은 스스로 자신의 꿈을 키워가는 장인 아닌가요? 삶에 대한 무한긍정, 기다림, 사랑에 무뎌지다 못해 아득해지면 우리는 무엇으로 삶을 지탱할까요? 말은 침묵 속에, 빛은 어둠 속에만, 삶은 죽어감에서, 이 같은 대립 속에 균형과 조화가 이루어지기 때문이지요. 2016년 봄, 오랜 나날 짝사랑해 오던 그림을 시작하겠다 약속하고, 가슴에 천금 같은 언어를 각췌질했습니다.

미완의 존재에서 세상 밖으로 나오는 데 60년이 걸린 나의 그림들이 이제 문학과 나란히 섰습니다. 글과 그림과 함께 책을 내겠다는 나와의 약속은 지켰지만, 캔버스와 마주할 때면 여전히 두렵습니다.

외형적 대상의 재현이 아닌 사물의 무게감과 꽃의 생명력을 느끼고 손을 대면 촉촉이 젖을 것만 같은 물의 촉감까지 옮기는 대상의 근원에 다가가기 위해 열정을 잃지 않는 행복한 작가로 남길 원합니다.

코로나19로 사회적 격리 속에 맞이한 신축년 새봄에는 좋은 일이 있으리라 기대를 해 봅니다. 교육현장이 달라지고, 경제가 쇠퇴하고, 서로 간 소통조차 원활치 못한 카오스 속에서 스스로에게 부여하는 관조적 태도를 위한 쉼과 여유를 찾아야 한다면 역설적일까요?

화문집을 출간하면서 좋아하는 일을 향유하는 행복한 삶의 순간이기도 했고, 인생의 가치를 추구하고 욕심에서 자유로워지기 위한 수양의 시간이 되기도 했습니다. 펜데믹으로 인해 내게 주어진 안식년을 이렇듯 나를 위해 썼습니다.

2021년 봄
김경실

차례

그림 목록

남매 30×46cm, 연필화

chapter 1

소확행

小確幸

양귀비 45×60cm, 유화

꽃들의 절규

희끗희끗한 잔설 틈을 비집고 피어난 설중화! 꽃대궁과 잎은 잔약해 보이기 이를 데 없지만, 언 땅을 뚫고 이른 봄 맨 먼저 꽃 피운 복수초와 노루귀, 그 무엇에 비길 수 없는 청초, 우아미, 강인함을 지녔다. 그런데 올해에는 복수초와 노루귀를 볼 수 없게 되었다. 해마다 봄에 누리는 기쁨 하나를 빼앗겼으니 아쉽기 그지없다.

사위가 어두컴컴할 때 집을 나섰다. 두어 시간이 흘러서야 서서히 먼동이 텄다. 아직은 차가운 바람이 뒷목을 파고들고 봄을 밀어 내지만 예서제서 숲은 천천히 겨울색을 벗고 연둣빛을 띠어간다.

그리고도 얼마를 더 가서야 선배의 왜소한 농막이 그 모습을 드러냈다. 나무들이 바람의 울타리를 쳐주고, 황토방에서는 겨울 햇살 같은 따스한 온기가 새어나오고 있었다. 기척 없이 들어선 어둑신한 방 안에는 잘 익은 와인향이 마치 삶의 비의를 탐색하듯 구석구석에 스며있다. 선배가 반갑게 맞아주었다.

"뭐야~ 낮술은 어미 아비도 몰라본다는데~."라면서도 연신 권하는 선배표 특산품 보리수 와인을 얼결에 받아 마셨다.

"손탔어. 어젯밤에도 나랑 인사를 나눴는데 새벽에 나가 보니 꺾어졌어."

아, 그랬구나. 애지중지하는 노루귀, 복수초가 산화했구나. 아까부터 선배의 흐릿한 동공이 무엇을 말하려는지 그제서야 깨달았다.

어젯밤 늦은 시간인데 꽃 지기 전에 얼른 오라는 선배의 전화에 만사 제치고 달려왔건만, 기어히 꽃들에게 사단이 벌어진 것이었다.

나무와 꽃은 선배에겐 삶의 전부다. 도시 생활에서 잃은 건강을 이 황토방에서 회복했으며, 그 자신도 나무가 되고 꽃이 되어가고 있었다. 돈과 욕망을 내려놓은 후에야 자신을 알게 해준 자연이 구원의 생명이고, 삶의 규칙이고, 신앙이었으니까… 선배는 해마다 몰려드는 사진꾼과 꽃쟁이들을 막기 위해 나무를 심고 야생화 주변에 펜스를 쳤다. 꽃이 생존하는 짧은 기간 귀한 몸과 함께 즐기려고 밤에는 근린에 촛불을 켜고 별을 헤었다.

느지갑치 맛본 달콤한 행복이 그가 살아가는 힘이었는데, 밤새 사라진 꽃의 영혼의 위로보다 사진꾼의 비윤리적 이기심에 분노와 신물이 난 것일 거다. 어느 행사에나 나타나 사진찍기에만 혈안이 되어 카메라를 탱크처럼 들이미는 염치없는 사진꾼들, 생명을 해치는 무기는 그들이 들고 메고 다니는 카메라다.

찬바람이 여전한 이른 봄, 복수초와 노루귀 등 눈 속에서 핀 야생화를 탐미한다는 건 꽃쟁이들의 로망이다. 그러나 그들 때문에 꽃들이 몸살을 앓고, 몰지각한 사진꾼들로 인해 야생화들이 삶을 마감하고 있다. 사진꾼들은 야생화 모습 그대로 카메라에 담지 않고 묵은 잎을 따버리기도 하고 물을 뿌려서 물방울이 맺힌 모습을 찍기도 한다. 심지어 사진을 찍은 후 다른 사람이 찍지 못하게 대궁을 잘라놓거나 아예 뽑아버리기까지 한단다. 그리고는 자신들의 야생화 사이트에 올려 놓는다고 한다.

묵은 잎이 그대로 있어야 수분을 유지하고 이른 봄 추위를 이길 수 있는데…. 사람들에게 스트레스를 받은 야생화들이 더는 자손을 퍼트리지 않는다고 선배를 열을 내고 있었다. 내 눈으로 확인하는 짓이겨진 야생화들의 모습은 차마 못 볼 장면이었다.

야생화들에게 저지르는 사진꾼들의 만행들! 꽃의 영정사진을 찍는, 꽃을 사랑하고 지키려는 이들의 아픔을 아는가? 꽃이 좋아 꽃을 찾아다니다 보면 꽃쟁이와 사진꾼을 가름할 수 있다. 여기저기 꽃을 옮겨 놓는가 하면 꽃 얼굴 정면에 대고 찰칵찰칵 셔터를 터뜨린다. 찰칵 공해에 시들어가는 꽃들의 절규를 무슨 권리로 무시하는가! 이게 사진꾼의 본심이다. 꽃이 좋아서 꽃을 찾아가는 것 자체가 꽃을 훼손하는 일이다. 이것이 꽃쟁이들의 고민이다.

내겐 야생화를 탐미하는 나름대로 규칙이 있다. 어느 꽃이나 나무 앞에서는 셔터를 누르지 않는다. 카메라나 핸드폰에 그들 모습을 담는 대신 그들과 일정한 거리를 두고 눈을 맞추고 대화를 한다. 숲의 질서를 인정하고 자연과 동화되어 숲의 복원력을 기다리며 친구가 되려고 한다.

사진 잘 찍는 것보다 먼저 사진가의 윤리를 배우는 게 우선 아닐까. 인위적으로 꾸민 사진은 예술이 아니다. 좋은 사진은 좋은 사진가로부터 나온다.

'사진꾼은 싫어요.'

꽃의 절규가 찬바람처럼 맵다.

전염병 번호 인간

이 세상에는 전쟁보다 더 고통스럽고 치명적인 전염병이 많았다.

1500년대 초 스페인이 중앙아메리카를 정복하면서 옮긴 천연두로 원주민 90%가 사망했고, 1918년에 번졌던 스페인독감은 전 세계에서 5천 명의 목숨을 앗아갔다.

근래에도 에이즈와 에볼라출혈열, 2003년 싱가포르를 강타한 사스 같은 전염병 출현, 메르스라는 생소한 중동호흡기병이 등장했다. 그때마다 사람들의 초기 대응은 인류의 재앙이 될 것이라는 생각보다는 의술이 얼마나 발전되었는데, 그저 지나가는 정도로 일축했다.

메르스 때의 일이다. 국내에서는 매해 2천여 명이 폐결핵으로 사망한다고 한다. 이보다는 사망률이 떨어지는 전염병 증세가 부풀려져 공포에 떨었던 것 또한 사실이다. 메커니즘까지 불확실한 바이러스성 전염병이라면서 호들갑으로 무형의 공포감이 사회적 심리적으로 무섭게 확산되곤 했다. 게다가 안전을 지켜줘야 할 질병본부가 갈팡질팡, 각자 도생을 강요하였던 터라 무능한 정부가 메르스보다 훨씬 무섭다는 말까지 있을 정도였다.

어느 날부터 신문, 방송에 메르스 확진환자가 번호가 매겨졌다. 1번은 중동에서 바이러스를 담고 와 퍼트린 최초의 환자였고, 14번은 메르스 숙주인 삼성병원 수퍼환자다. 35번 감염자는 자신의 사생활을 노출했다고 해서 박○○ 시장과 말을 오갔던 삼성병원 의사, 141번은 바이러스 무개념 환자로 병원을 뛰쳐나간 환자다. 그 외 많은 환자가 메르스로 인해 별로 유쾌하지 않은 전염병 번호를 달게 되었으며 백팔십여 명의 번호 인간을 통해 만여 명의 격리환자가 나왔다. 지금껏 우리 사회를 강타했던 많은 전염병이 있었어도 메르스 때 격리라는 전쟁 같은 위기를 유발한 적은 처음이다.

　세계 역사에서 전염병 격리가 시작된 적이 있었다. 1340년 무렵 페스트가 유럽을 휩쓸었다. 하루에 일만여 명의 사망자가 발생하여 1억여 명의 시신이 쌓였다는 믿기 어려운 기록이 있다. 당시 페스트 감염을 막기 위해서 이탈리아에서는 지중해 일대 섬에서 들어오는 선박을 강제로 격리 시켰다고 한다. 우리나라에서도 오래 전부터 폐결핵 중환자를 격리 시켰고, 1900년도부터 천형이란 한센병환자를 소록도에 격리한 것도 같은 맥락이라 할 수 있다.

　대기근을 피해 사람들이 이민을 오면 예외 없이 따라오는 전염병을 막기 위해 이민자들을 격리 시킨 예는 역사적으로 얼마든지 찾을 수 있는데 캐나다의 패트리지 섬이나 우리의 소록도 같은 섬을 들 수 있다.

　거리에 사람이 왕래하고 음식점에도 사람들이 있는 것을 보니 이제 사람 사는 나라 같다. 불신 바이러스까지 몰고 왔던 이번 메르스 사태를 겪으면서 언제든지 침범할 수 있는 역병을 사회적 연대로 물리칠 수 있는 면역력을 심어주었다는 생각이다.

　유쾌할 수 없는 전염병 번호가 붙은 환자들, 잠복기간 동안 격리된 사람들의 고통을 되짚어 본다. 육체적 아픔을 넘어 정신적 고통까지 짊어지고 가족과 유리된 채 인내하고 투쟁한 그들이야말로 우리의 귀감이다.

전 유럽을 휩쓸었던 페스트가 장기간 지속되었을 때 알제리시 오랑시민들이 겪어야 했던 고통 또한 오늘의 사태를 잊지 않게 한다. 초기에는 혼미한 상태에서 우리처럼 속수무책 당하기만 하였고, 지나가는 악몽에 불과하다 여겼다. 그러나 도시는 폐쇄되고 페스트는 전 시민들 문제가 되었다. 아무도 이 도시에서 벗어날 수 없게 되었고 페스트가 시민들에게 가져다준 것은 집단적 귀양살이였다.

소설 『페스트』가 보편성과 구체성이라는 문학작품 속의 메시지라고만 말할 수 없을 것이지만, 페스트는 육체적이고도 현실적인 고통을 생생하게 살려낸 자위의 삶이었기에 지금의 현실, 부조리한 삶과 너무도 닮아있다는 데 관심을 끈다. 사람은 제각기 자신 속에 페스트를 지니고 있다. 왜냐하면 세상에서 그 누구도 그 피해를 입지 않은 사람은 없기 때문이다. 페스트와 끝까지 싸웠던 의사 리유, 죽음을 불사하고 보건대를 이끌었던 휴양객 타루 같은 윤리적 캐릭터가 있다면, 메르스 현장에서 한 사람이라도 살리기 위해 분투하였던 의료진과 격리의 고통을 감수해낸 착한 격리자들이 있었다.

이제 메르스 환자가 한 명도 나오지 않았다고 승리하고 볼 수는 없다. 우리가 느끼는 승리나 환희는 항상 위협을 받고 있음을 알아야 한다. 우리가 안심하고 있는 사이 메르스 같은 바이러스균은 죽거나 소멸되지 않고 오랜 세월 동안 가구나 옷가지 속에서 잠 자고 있을 수도 있고 책갈피 속에서 꾸준히 살아 있다가 재앙과 교훈을 주기 위해 인간의 몸속으로 다시

들어올 수 있으니까.

질병이 몰고 올 재앙을 이쯤에서 초월적 태도로 바꿔봄이 어떨까. 재앙은 '도리깨'를 의미한다. 우주라는 거대한 곳간 속에서 가차 없는 재앙은 가라지와 낟알을 가리기 위해 인류라는 밀을 타작할 것이라는 성서 말씀에 귀 기울여야 할 것 같다.

교황 프란치스코 30×46cm, 연필화

데레사 수녀 30×46cm. 수채화

성 모자 30×46cm, 파스텔

성 마리아 30×46cm. 파스텔

텃밭의 아침 45×60cm, 유화

불새

　하늘빛이 영락없는 쪽빛이다. 코로나19를 탓해 무엇하랴. 나는 눈이 시려올 만큼 파란 하늘 아래 있는 것을….

　인수봉 아래 10여 평 남짓 자그마한 밭 한 뙈기를 마련하였다. 상추 싹을 심어놓고 사흘에 한 번씩 들러서 물을 주고 가꾸었더니 예쁘게 자랐다. 어느 날 밭에 들렀는데 고라니가 내려와서 상추를 몽땅 뜯어 먹고 갔다. '배고파 먹었으니 어쩌랴'라면서 편하게 마음먹고 종묘상에서 다시 사 왔다.

　눈이 시원한 청상추며 적상추를 촉촉한 고랑에 꽂으며 "밤에 고라니가 와서 먹으려거든 '이젠 안 돼요' 라고 소리치렴."라고 일러주면서 다독였다.

　코로나19 창궐로 생활은 지루하고 불안이 계속되고 있지만, 나의 밭에는 봄마중하려는 여린 싹들의 함성으로 가득하다. 금관을 이고 있는 열무며 달래, 고추, 이름 없는 잡초들까지 "나 여기 있어요!"라며 얼굴을 내밀었다. 내 밭에는 파종은 아니 했어도 잡초들이 터를 잡고 가멸차게 올라오고, 초대하지 않았는데도 방아벌레, 민달팽이가 야채즙으로 배를 불리며 생존하고 있다. 태양은 이 모든 것에 고루고루 양분을 나눠주며 품어 안아준다.

채마밭에는 언제나 평화가 흐른다. 하루가 다르게 채소들이 쑥쑥 자라고 뻐꾸기와 장끼, 산비둘기들이 짝을 부르며 우는 소리가 애잔하다. 그곳에 서면 영적 충만감에 젖어있는 생명체들의 심미적 진동을 본능적으로 느낄 수 있어서일까. 무어라 정의를 내릴 수 없는 편안함과 행복감이 나를 감싸준다.

농작물은 주인 발자국소리를 들으며 자란다고 하는데 사흘에 한 번 들르는데도 내게 부족함 없는 소출을 안겨준다. 갈 때마다 청경채와 어린 열무가 바구니 가득하다.

첫 수확치곤 뿌듯하다. 나는 윤기 자르르한 채소를 여러 묶음으로 나누어 담는다. 얼굴조차 모르는 앞집 현관에 짤막한 쪽지와 함께 야채 주머니를 달아놓았다. 봉사자에게도 나누고 나니 행복하다. 가져온 채소를 이웃에게 나눠주다 보면 내 몫이 언제나 부족하지만, 마음은 더없이 풍족하다.

텃밭은 자연이 만들어놓은 콜라주다. 물과 협력하여 먹거리 제공으로 인간의 생명 연장을 실현하고 있다. 자연이 키워낸 살아있는 생명체들과 공생하면서 건강한 먹거리를 제공받으며 생명의 순환을 한다.

해너미가 되면 텃밭에서 보는 인수봉은 가히 장관이다. 꼭대기에 불새 한 마리가 황금 날개를 펴고 앉아 있다. 붉은 물감을 풀어놓은 듯 찬란한 빛을 발하는 저 새는 태양을 먹은 새 휘닉스(운보 작)를 닮았다. 저토록 아름다운 자연의 걸작에 어떤 색의 어휘를 붙여도 초라하다.

자연은 아무것도 강요하지 않는다. 저 빛의 오케스트라를 겸손하게 무념으로 바라보며 황홀경에 빠질 뿐이다.

취사기의 남편

개수대에서 그릇 부딪히는 소리가 소란하다. 귀에 익은 소리지만 오늘은 유난히 거슬려 방문을 닫아버렸다.

퇴직한 남편이 설거지하는 시간이다. 시간에 쫓기지 않으니 아침 먹은 그릇 담가놓고, 점심 먹은 것도 담가놓았다가 쌓인 빈 그릇을 한꺼번에 닦느라 저리 법석이다.

칠순을 넘기고 사업을 정리한 남편에게 그나마 생긴 소일거리다.

남편의 일상은 냉장고 뒤집어 놓고 잔소리하기, 세끼 꼬박꼬박 찾아 먹고 설거지하기, 분리 수거하면서 잔소리하기, 신문에 끼어 오는 찌라시 모아 일일이 분석한 후 1천 원이라도 싼 마트 찾아 장 봐오기다. 또 있다. 세탁기에서 다 된 빨래 너는 것을 보면 살림꾼 주부가 무색하다. 반듯반듯하게 펴서 옷걸이에 줄 맞추어 널고 전기, 물 아낀다며 자잘한 빨랫거리는 손빨래로 해치운다.

인간 수명 50세 시대에는 남편들에겐 결코 이런 일이 없었다. 장수 시대에 부인과 남편 일이 바뀐 새로운 풍속도일 것이다.

세렝게티 대평원 사자들 무리 중에서 규칙처럼 지켜져 내려오는 게 있었는데 수사자에게 젊은 사자가 도전하는 데 실패하면 무리에서 쫓겨나 초원을 떠돌다가 굶어 죽는다. 암사자의 사냥에만 의존하던 수사자였기에 무리에서 추방당하면 도태되는 게 사냥 능력 없는 수사자의 운명이다.

인간계에도 그와 같은 임서기(林棲期)가 있었다. 50살이 넘은 남자가 숲에서 일생을 마치는 관습이다. 그동안 가족 부양하고 사회적으로도 책임을 다하였으니 이제 가정을 떠나 숲속에서 혼자 살라는 지침이다. 인도의 힌두교에서도 50이 넘은 남자는 지팡이를 끌고 거지처럼 떠돌다 죽으면 장작불에 화장하고 갠지스강에 뿌려지는 게 소원이라고 한다. 이는 수행의 종교적 의미가 다분하지만 생식과 사냥이 끝난 남자는 가정에 짐이 된다는 지극히 현실적 의미가 내포되었다고 본다. 나이 들어 퇴직하면 낙향하거나 전원생활을 꿈꾸는 것도 어찌 보면 현실에선 불가능하지만 임서기 때 잠재력이 유전자처럼 내포되어 있는 게 아닐까 싶기도 하다.

퇴직한 남편과 장시간 마주하기란 여간한 인내 없이는 불화의 시초가 된다. 아내와 같이 늙어가는 처지에 하루 세끼 밥상 차리는 일이 호랑이보다 무섭다고 한다. 거기에 남편의 시시콜콜 잔소리까지 겹친다면…. 그로 인해 발병하는 부인들 속앓이는 남의 일이 아닌 사회적 문제, 황혼이혼을 부르고 있다.

일본 주부들이 앓고 있는 신종 부원병(夫源病)은 바이러스성이 아닌 퇴직한 남편이 그 원인이라니 참으로 아이러니가 아닐 수 없다. 최첨단시대에 의학으로도 치유되지 않는 이 병은 이제 인문학에서 치유법이 나왔는데 바로 졸혼(卒婚)이다. 인생 후반은 꿈을 이루는 삶에 초점을 맞추고 신이 주신 달란트를 찾아 나서는 액티브 시니어다.

평소 꿈꿔왔던 일에 결혼이 걸림돌이 되어, 파경을 부르는 이혼과는 개념이 다른 졸혼을 하고, 한 달에 한 번 만나면서 각자의 삶에 충실하자는 게 최선의 결론이란다. 고령화 시대 남편의 취사나 졸혼은 가정의 평화와 중년의 삶을 지탱하는 대안이 되기도 한다.

아기 안고 기저귀 가방까지 메고 가는 젊은 아기 아빠들 모습이 밉지 않아 보였듯이 주방에서 앞치마 두르고 설거지하고 시장 카트까지 끄는 퇴직한 남편들 모습도 전혀 생경스럽지 않은 백세시대를 살고 있다.

"밥 안 먹어?" 빼꼼히 문 열고 묻는 서방님(남편)에게 "요거 해놓고 먹을 게 먼저 차려 먹어요" 마눌님(나) 대답이 인색하거나 매정함이 없으니 집안은 평화스럽다. 한 울타리에서 살면서 각자의 삶을 인정하는 편안한 동거는 살만큼 산 부부의 모습이 추해 보이지 않게 인생 후반의 꿈을 이루어주는 호기가 되었다.

정치학을 전공하였지만, 사업을 경영하다가 노년을 맞아 정리하고 남은 삶을 소홀하게 보내지 않는 남편, 그동안 하고 싶었던 붓글씨 쓰고, 국내외 정세에 바짝 귀를 세우고 TV 앞을 떠나지 못한다.

우리 슬하의 두 자식이 이제 모두 가정을 이루어 살고 있으니 부양의무를 다했다는 홀가분함이 있었다. 이따금 내 인생은 무엇이었냐는 질문을 하면서 울분을 토하기도 했다. 또 이 혼돈의 시대에 온전히 자신을 던져 애국할 자 어디 없소! 어린아이가 장난감 총 쏘듯 함부로 미사일을 쏘아대는 동토의 북녘이 코앞에 있는데! 촛불로, 태극기로, 조끼주머니만 한 이 나라가 얼마나 더 갈가리 찢겨져야 하나! 이념전쟁으로 얼룩져 가는 현실을 안타까워하는 노년의 용사가 정의롭고 보기 좋다. 비바 청춘이다.

"오늘 저녁은 돼지고기 김치찌개 해 먹자."

남편은 그동안 정육점에서 받아온 천 원짜리 딱지 열 장이 모아졌다며 장바구니를 챙긴다. 공짜 돼지고기가 현실정치의 불만을 압도한 게 분명하다. 필부는 이렇게 또 하루를 마무리한다.

느지막이 시작한 나의 그림그리기가 여간 재미있는 게 아니다. 남편은 자신의 정치참여에 적극 공감해 주니 마눌님 그림그리기에도 관대하고 투자에 인색하지 않다. 이젤 앞에 앉아 아직은 미완성 작품에 색을 입힌다. 느린 삶의 행복이 이런 게 아닐까. 온전히 나만을 위해 쓰여지는 것들이기에 그 강도가 깊고 우련하다. 살 만큼 살아온 획일적 삶에 낯 설지 않는 점을 찍어본다. 그건 결코 나만의 가치를 찾고 나만의 행복을 추구하는 추상화가 아니다. 누구에게나 닥칠 노년의 삶이란 추상화를 육체의 눈으로만 보지 않고 마음의 눈으로도 보는 여유를 찾은 거다.

지금껏 부부로 맺어진 우리는 삶의 어떤 단면을 삼키고 뱉어냈던가. 가슴에 묻어놓았던 꿈은 이제 어떤 아름다움으로 새롭게 피어날까. 시간이 갈수록 얻어지는 후반의 꿈은 맛도, 향도, 무게도 달라 유별할 것 같다. 미완이기에….

패션의 윤리

'눈뜨고 죽는 동물들'

암소 뿔도 녹일 듯한 지난여름의 폭염은 해넘이가 되어도 수그러지지 않아서 한껏 불쾌 지수를 높여주었다. 에어컨을 끼고 살았던 사십여 일의 더위를 이제는 생각조차 하기 싫다.

계절은 정직하다. 입추가 지나면서 가뭄까지 겹쳤던 깡마른 대지에 몇 차례 단비가 내리더니 조금씩 조금씩 더위는 밀려가고 있었다. 어느새 늦가을로 들어간다.

계절이 바뀔 때면 나는 도제(道諦)의 길을 뒤돌아보게 된다. 괴로움에서 열반으로 가는 불교의 4개의 진리인 고제, 집제, 멸제, 도제 중에서 도제는 괴로움의 소멸을 통해 깨달음에 이르는 실천법이다. 끊고, 버리고, 멀리하는 일상 철학이 녹아있다.

그러나 나는 이 길에서 '…하는 것'이 아닌 '하지 못하는' 낙제생이다. 일교차가 심하다보니 옷가지들을 옷장에 들이고, 버리고, 내놓아야 하는데 이 정리 정돈을 하루하루 미루다 보니 옷방이 옷창고마냥 재고가 쌓여 마치 인생의 채무자가 된 것 같다.

'옷장이 넘쳐 행거까지 차지한 이 옷들~ 언제 이렇게 쌓였지~'라는 한탄

이 절로 나온다. 백화점에서 땡처리할 때나 계절별 세일행사가 있으면 달리기 선수처럼 달려나가 악착같이 구매해 온 것들이 상표를 그대로 단 채 걸려있다. 그뿐 아니라 모셔놓기만 하는 계절별 모자며 구두에, 몸무게가 불어 입지 못하는 것까지…. 그것들을 볼 때마다 치워야지만 반복할 뿐 몇 년! 아니 평생을 '해야지~'로 일관해 오고 있다.

나의 생명이 거주하는 집 안을 내 물심으로 가득 채워놓았으니, 마치도 신진대사가 안 되는 위장처럼 꽉 막힌 공간이 되어버렸다. 행거 윗단에 걸린 윤기가 자르르 흐르는 블랙그라마 밍크코트가 내 물욕의 표상인 양 유독 눈에 띈다. 내가 소유한 것 중에 가장 몸값이 나가는, 여인들의 로망이고 자연이 진화를 거쳐 빚어낸 천연 피부다. 모피가 한때 존재의 빛을 흐리게, 때론 실천의 용기를 잃기도 했지만 몇 세기를 거쳐도 여성의 유행의 중심에서 부와 글래머의 상징으로 으뜸을 차지하고 있다. 욕망을 꿈꾸는 여인들에게 위안을 주며 헌신해왔다.

모피를 손상 없이 얻으려고 사람들이 덫을 설치해 동물을 산 채로 잡았다고 한다. 기원전 7세기 춘추시대 문헌 《관자》에 호랑이나 표범, 맹수 가죽을 수출하는 무역국의 중심지가 고조선으로 소개되어 있다. 고구려 무용총 〈수렵도〉에도 말을 타고 풍산개와 함께 사슴에게 활을 겨누는 무사가 있다. 그런데 화살촉이 날카롭지 않은 '명적'이라는 소리 나는 화살촉이라고 한다. 동물을 소리로 몰이하여 나무울타리 덫에 빠지게 하는 사냥법을 이용했음을 의미한다. 그렇게 얻은 맹수의 가죽을 높은 가격으로 팔았을 것이다.

한때 비버 가죽으로 만든 꼬리까지 달린 모자가 미국 서부영화에 등장하는 총잡이들에게 인기가 있었다. 16~19세기는 비버의 수난 시대였으며, 비버 털을 압축해 만든 펠트모자는 탄력과 윤기가 좋아 부유층의 필수품이었다고 역사는 기록하고 있다. 이렇듯 폭발적인 유행으로 시베리아와 북미에서 200만 마리라는 엄청난 비버가 죽어 씨가 말랐다고 한다. 죽은 다음 19세기엔 물개가, 20세기엔 검은 여우가 그 유행의 뒤를 이어왔다.

열다섯 살 때 성탄 이브에 엄마 여우목도리를 몰래 하고 예배당에 갔다. 모피가 귀하고 귀했던 그 시절부터 여우목도리가 주는 풍요를 나는 이미 내 안에서 누리고 있었던 게 아닐까. 그 후에도 간간이 여우목도리나 토끼털 귀마개를 두르고 다녔는데 우스꽝스럽지만 눈물이 날 만큼 아름다운 추억이 생생하다. 여전히 모피의 유혹에 약한 이 고질병을 나는 어쨌든 탈피해야겠다는 생각을 하게 되는 요즈음이다.

그동안 살아오면서 구입한 밍크코트가 여러 벌이다. 한 벌의 밍크코트는 쉰다섯 마리 밍크의 생명으로 만들어진다고 한다. 생각할수록 나로 인해 죽임을 당한 밍크들에게 한없이 미안하다. 그 외에도 자랑스럽게 목에 두르고 다녔던 야생 스톨들…. 그들이 나에게 자유와 억압, 막힘과 소통, 시작과 끝을 보라고 외치는 듯하다.

1900년대부터 동물보호단체에서 야생동물 사냥을 금하는 법안을 발의하였으나 여전히 전기 감전이나 덫으로 공식적으로 사냥은 자행되고 있다. 모피의 고급화를 위해 동물의 의식이 있는 상태에서 껍질을 벗긴다고 한다. 해마다 8천에서 1억 마리의 동물이 모피 제조를 위해 이런 방법으로 죽임을 당한다고 하니 패션의 윤리를 생각할 때이다.

요즘 대세를 이루는 것으로 인조모피 '페이크 퍼'이다. 실제 모피처럼 촉감이 같고 환상적이라고 한다. 환경과 윤리에 조금씩 눈 떠가는 패션계의 변화에 박수를 보낸다. 신기술을 통해 지금껏 인간이 동물에게 진 빚을 조금이나마 갚을 수 있다면 더 이상 퍼렇게 눈뜨고 죽어가는 동물들이 없을 것이다. 인간과 동물이 공존하는 도반의 경지가 이루어질 때 패션의 윤리는 더욱 튼튼하게 뿌리내리게 될 것이니 말이다.

붉은머리 소녀 30×46cm, 수채화

강아지와 산책하는 노인 30×46cm, 파스텔

어머니 30×46cm, 파스텔

소확행(小確幸)

적요한 날에는 오랫동안 책장에 꽂혀 먼지가 내려앉아 있는 묵은 책을 꺼내 다시 읽게 된다.

새싹이 돋아나는 봄에 읽기 좋은 건 시집이다. 지용의 시집 『향수』를 자주 손에 잡는다. 그런데 오늘처럼 진눈깨비가 불규칙하게 내리는 날에는 아픈 사랑의 대명사 같은 『가시나무새』(콜린 맥컬로 작)을 손에 잡는다.

가시나무새는 일생에 단 한 번 노래를 부른다는 환상의 새다. 가시에 제 몸을 찔러 피를 토하면서 세상에서 가장 예쁘고 신비한 소리로 노래를 부르면서 죽는다는 새, 먼 옛날부터 켈트 족에게 내려오는 전설 속 이야기다. 소설 『가시나무새』에는 처절한 고통 속에서 피워내는 사랑의 기쁨과 고뇌, 슬픔을 이야기하고 있다. 아름다운 것은 서럽기도 하다. 나는 소설 속 주인공들에게 사랑의 대리만족을 하면서 몇 번씩 읽어도 지루하지 않고 행복하다.

독서를 시작하기 전에 내게는 우아한 습관이 있다. 주전자에 찻물부터 올린다. '쉭~쉬익' 물이 끓으면서 반복되는 소리가 리드미칼하다. 이윽고 그윽한 커피향이 실내에 퍼진다. 나는 잘 우려진 커피에 토스터에서 톡 튀어나온 베이글 빵을 찢어 먹으면서 책을 읽는다.

누구로부터 아무 방해도 받지 않는 나만의 시간, 그 적요함을 즐기면서 지루한 일상을 행복으로 전환 시키는 나만의 행복 찾기의 지혜이다. 소소한 일상의 틈새 행복들이 내 삶을 풍요롭게 한다.

현실과 이상 사이의 벌어진 간격에 지쳐 우울증에 빠진 친구가 많은데 나와 같은 세대에게는 언제든 일어날 수 있는 현상이다.

반복되는 일상이 지루하다고 해서 '노잼'을 입에 달고 사는 젊은이들이 많다고 한다. '노잼'을 말하면 이미 노화가 시작되었다는 의미가 아닐까.

작년(2017년)에 젊은이들이 만들어 낸 신조어가 욜로(YOLO)라고 하는데 "현재를 즐기며 살자. 하루살이 인생처럼"이라는 것이다. 지금 가진 것으로 삶의 풍요를 누리겠다는 태도의 변화가 '욜로라이프'다. 현재의 즐거움보다는 미래를 위해 투자했던 우리 세대와는 사뭇 다른 생각이다. 아무리 생각해봐도 아름답지도 않은 젊은이들이 생각하는 말은 아닌 것 같다. 아끼고 저축하여 부자가 되겠다는 시대는 지났다.

'서울大'에서 2018년 우리 사회 10대 트랜드 중 한자어 하나를 선정했는데 '소확행'이다.

소확행, 낯선 단어여서 찾아보았더니 '작지만 확실한 행복'이란 뜻이었다. '욜로'보다 덜 소비적이고 덜 허세적이어서 우선 호기심이 생겼다. 조끼 주머니만 한 나라에 살며 큰 집, 큰 차 소유로 사람을 평가하는 우리 현실에서 반역하는 딱 맞는 트랜드가 아닌가. 소확행은 어느새 우리 실생활에 자리매김을 할 만큼 열풍이다.

일본 작가 무라카미 하루키 에세이집 『랑겔한스섬의 오후』에서 쓰인 말로 이 단어가 어쩌다 30여 년을 돌고 돌아 올해 대한민국 트랜드로 소개

되었을까.

하루키의 소확행은 "갓 구운 빵을 손으로 찢어 먹는 것, 서랍 안에 반듯 반듯하게 접어 넣은 속옷이 잔뜩 쌓여있는 것, 겨울밤 부스럭 소리를 내며 이불 속으로 들어오는 고양이의 감촉!"이라고 했다. 30년 전에 이미 소확 행을 예견한 하루키 작가의 직관력이 놀랍다.

정말 사소하고 소박하다. 이 소소한 일상은 어디에나 있다. 제주의 올레, 프랑스의 오캄, 스웨덴의 라곰, 덴마크의 휘게, 최근 브루클린에서는 마이 크로 산책이 소확행이다. 산책 코스를 줄이고 구석구석을 세심히 관찰하 는 방식이다. 공원에 잔뜩 깔린 클로버 속에 어제 찾지 못한 네잎클로버를 찾는 행복이다.

산책길에서 챙긴 나의 소확행들이다.

며칠 전에 우리 동네 탄천을 산책하다가 눈이 시릴 만큼 아름다운 풍경 과 만나서 행복감에 젖었다. 알에서 갓 부화한 테니스공만 한 새끼오리 십 여 마리가 어미오리를 졸졸 따라 떠다니는 모습에 행복했다. 이 오리 가족 을 흐뭇하게 바라보는 산책객들도 행복한 표정이다. 또 해 질 녘이면 물 위 로 점핑하는 물고기 무리가 하는 서커스 묘기를 만날 때도 나는 행복하다. 이렇듯 자연에서 만나는 생물들의 모습에 소소한 행복을 느끼며 평온을 유지한다.

아마도 가까이 우리 곁에 있는 작고 소소한 행복을 미처 행복이라 깨닫 지 못하고 무심히 흘려보내고 있는지도 모른다. 30년 전 하루키 작가의 섬 세한 감정표현으로 인한 소확행이 이젠 트랜드가 되어 각자의 작은 행복 으로 확대되어 생산되고 불확실성 시대에서 긍정적으로 서로의 마음에 자리매김한다면 오늘보다 내일은 더 살맛 나는 세상이 되지 않을까.

홍콩의 최고 부자 리카싱(청궁 회장)이 아직은 젊은데 은퇴하겠다고 한다. 일선에서 물러나서 의료나, 복지 분야 등 단순한 일에 힘쓰겠다고. 스티브 잡스의 검은 티 터틀넥과 청바지, 페이스북의 마크 저커버그가 회색 티셔츠만 입는 건 그들만의 단순한 삶을 살기 위해서란다. 삶을 간결하게 만들어 피로를 줄이고 자신의 뇌를 더 창조적인 데 쓰겠다고 한다. 삶을 한 편의 시로 만들어, 생존하는 것 이상의 의미를 만드는 것이다.

삶이 단순하나 규칙적이어서 뇌가 선택이라는 값비싼 에너지를 많이 쓸 필요가 없을 때 우리 뇌는 뜻밖의 것을 창조한다고 한다. 일상 속에서 남이 하지 못하는 것을 찾아내는 것이다.

리카싱이나, 스티브 잡스, 마크 저커버그는 타임지가 올해의 부자에 선정된 인물이다. 그들이 선택한 단순한 삶이 없었다면 4차 산업혁명이나 인류의 풍요는 아마도 늦어졌을지도 모른다.

'소확행'은 이제 하루키의 것만은 아니다. 작은 주택 선호, 저예산 영화 제작, 문화 예술 경제에까지 영향을 미치고 있다. 전환의 인식화, 반복이 주는 풍요, 작은 것의 아름다움은 이미 우리 삶에 들어와 있었다.

크고 거창한 것만 선호하던 사람들에게 경종을 주는 소확행, 진정한 풍요를 누릴 것인가는 각자 자신이 선택하기 나름이다.

숲에서 띄우는 편지
─붙이지 못하는 편지

몹시 상쾌한 아침이에요. 새벽은 늘 모닝콜과 함께 왔었는데 이 아침은 멤논 석상이 내는 몽환적 멜로디인가, 나도 모르게 잠자리에서 일어나 창가로 갔어요. 아, 비가 오시네요. 시원스레 쏟아지는 건 아니지만 아직 걷히지 않은 잿빛 사위에 가는 빗줄기가 사선을 그으며 연둣빛 새잎을 건드리고 있네요.

헌데 이내 걱정이 앞서요. 하늘바라기 논 뒤로 뵈는 산벚꽃이 뭉게구름처럼, 솜사탕처럼, 산허리에 가득 피어있기 때문이에요. 농막을 나와 들길을 걸으며 처음으로 그이에게 미안한 생각을 가져봅니다.

506070세대 주부들이 앓고 있는 속앓이를 퇴직한 남편이 원인이 되어 생긴 병이라 해서 '부원병(夫源病)'이라 이름 붙여 놓았죠. 원인이 맞긴 맞네요. 일본 주부들이 특히 심하네요.

'전쟁, 전염병, 기근' 삼재가 없어지면서 인류는 장수 시대로 돌입하였지요. 남자의 평균수명 50세 시대에는 없던 병이지요.

잔소리꾼, 이 시대 가장들의 위상이 여지없이 무너지는 말이군요. 육십 평생 가족을 위해서만 삶을 사용했으니 이제 자신을 위해 넓은 여백을 가져야겠지요.

어떤 여름 아침에 습관이 된 멱을 감고나서 해가 잘 드는 문지방에 앉아서 해 질 녘까지 한없이 몽상에 잠기고파요. 호두나무, 청매실나무, 대추나무가 무성하게 자라는 뜰, 그 누구도 방해하지 않는 고독과 정적이 깔려 있는데 노래하던 새가 푸드덕 집안을 넘나드는, 그러다가 해가 서산으로 기울거나, 또는 행길을 달리는 어느 여행자의 승용차 소리를 듣고서야 문득 시간이 흐른 것을 깨닫는다면 밤사이 행복은 옥수수나무처럼 자라겠죠.

가까이서 꽃들이 키득대는 웃음소리를 듣습니다. 화사하지 않고 해사하니 맑고 곱다랗습니다. 도시에 한창인 벚꽃이 도시미인이라면 산벚꽃은 세수한 산골 처녀입니다. 질리게 농염하지 않고 상큼하니 청신해요. 심술맞은 바람이 한바탕 흔들어 놓으니 '아얏' 소리와 함께 꽃보라가 난무하네요. 스무 가구 남짓한 동네라 느리고 조용해요. 도시 꽃과 달리 우르르 피지 않고 앞서거니 뒤서거니 피고 지는 덕이지요.

농막 화단에도 귀한 야생화가 갸웃 얼굴 내밀고 인사하네요. 노루귀, 현호색, 산괴불주머니… 산바람과 산새가 키운 것들이어서 모두에게 '미스 봄꽃'이란 영광을 붙여주어야겠어요. 농막 한켠엔 나만의 브런치 카페가 있어요. 모닝훌라워가 터를 잡아 올라오고, 신(神)이 여행하다가 들르기도 바람도 새도 쉬어 가지요. 집에서 가져온 더치카페에 베이글 빵으로 아점을 먹습니다. 제가 살면서 먹어본 커피 중 가장 향기롭고 맛있는 빵이었어요.

해가 떠오르기 시작하면 농막은 비안개 옷을 벗고 소탈한 제 모습을 드러냅니다. 예서제서 고갤 드는 야생화의 수런거림이 들리고 바람이 불다 멈추다 하는 사이사이 나는 숲과 친한 이웃이 되었습니다. 오후의 한때일 지라도 초저녁의 고요함을 지니고 있으며 까투리를 유혹하는 장끼의 울음 소리가 이 기슭 저 기슭에서 들려옵니다. 비나 겨우 막아주는 문패도 굴뚝 도 없는 농막이지만 도시에서 잃은 마음의 평화를 다시 찾게 해주었어요. 숲에서의 하루하루가 그 어떤 시기보다 자연의 생존자들과 만나고, 비우 고, 귀 기울여 들었어요.

아침 바람은 달콤하였고 저녁의 어둠은 온순한 지배자였습니다. 쫓기는 일상이 없어 좋았고 도락이 없는 곳이니 도락을 찾지 않아 좋았고 휴식은 나의 만찬이고 맘먹은 대로이니 나는 푸리족 인디언 같았지요.

대륙 매화 장수

세한(歲寒)에 더욱 아름다운 꽃, 찬찬히 들여다보았더니 진홍색 꽃잎이 비단처럼 곱고, 실루엣이 어린 듯 고혹적이고 행여 어찌 될까 가슴을 졸인다.

어찌해 딱 한 송이만 핀단 말이냐. 이 한 송이 꽃이 섣달에 봄을 재촉하는구나. 숱한 묵객, 문인들에게 사랑을 독차지하였던 설중매의 기품을 실감한다.

풍류 황제의 대명사 북송의 휘종, 수양제도 정치보다는 예술에, 술과 여인에 빠져 살았던 공민왕도 매화에 빠져 그리고 또 그리며 삶의 풍요를 누렸다잖은가.

창덕궁 대조전 뜰에서, 낙선재 후원에서, 비원에서, 사대부들 안가에서 숨은 듯 고요하나 권세보다 더 진한 사랑을 받으며 세한에 자신을 지켜 왔으니 매화야말로 많은 꽃을 신하로 거느린 꽃의 제왕이 아닌가.

진갈색 몸통에 다섯 가지가 뻗었고 넓지 않은 토기 화분에서 건강하게 생성하고 있는 설중매가 내 집 거실에서 둥지를 내리고 여러 번 겨울을 맞았다. 작년 섣달에도 세 발 가지에서 홑꽃 한 송이가 벙글었다. 여린 가지에 붉은 점이 찍히면 나날이 점이 불어나며 고요하게 꽃을 피운다.

꽃피운 매화를 바라보노라면 정신이 맑아지고 무언가 모를 희망이 솟는다. 마치 상서로운 일들이 있을 것 같고 대박이라도 터질 것 같은…. 여린 나무가 품은 강인함과 인내를 어떤 언어로 표현해야 할까 궁핍해진다. 한평생 춥게 살더라도 자신의 향기를 뽐내며 교만하지 않고, 안락함을 염원하지도 않았으며, 불의에 타협하지 않는 선비정신을 닮았으니 그 멋진 기품을 어찌 꽃의 으뜸이라 하지 않겠나.

일본 센다이의 와룡매를 읽고나서 생각이 많아졌다. 창덕궁 선정전에서 수려한 자태로 사백 년이나 살았던 홍매, 백매를 일본이 조선 침략 때 침략군에 합류했던 센다이 성주가 굴취하여 일본으로 가져갔다고 한다. 일본으로 끌려가 타향살이를 하던 아비 매화는 고사하였고, 어미 가지를 접목한 2세 나무 홑잎 대륜이 조선매화 이름으로 안중근 의사 기념관에서 안락한 삶을 누리고 있다고 한다.

국난의 치욕을 온몸으로 겪어야 했던 창덕궁의 홍매, 백매의 수난을 어찌 잊을 수 있을까. 그러나 다행히 훌륭한 어미의 DNA로 대륜을 낳았으니 후세를 사는 우리에겐 희망동이가 아닌가. 조선의 멋과 문화의 상징인 대륜은 우리가 지키며 가꿔가야 할 자존이다.

대륜의 DNA가 흐르는 우리 집 홍매 장수가 올겨울에도 고혹적인 홑꽃을 피우겠지. 그때 나의 버킷리스트에 새로운, 아니 소박한 꿈 하나를 얹어볼까 한다. 꽃이 주는 상서로움에 늦은 꿈이나마 기대어 보는 것도 즐거움이 아니겠는가. 조용히 겨울을 기다리자.

매화 46×25cm, 유화

여름 설악 72×62cm, 유화

오리엔트수도원 62×72cm, 유화

chapter 2

오래된
필름

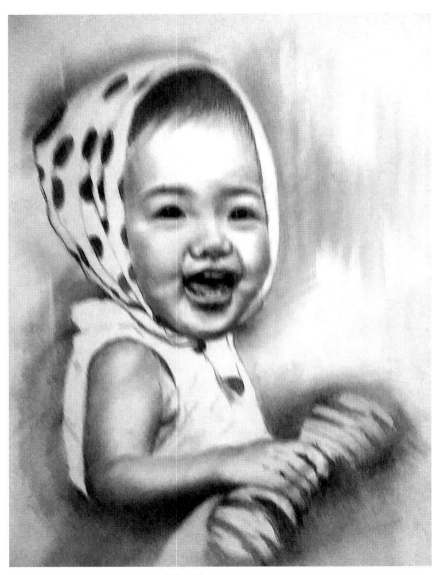

아기 아인 30×46cm, 연필화

얼굴
−은유적 현대인

가면의 얼굴이 되어본다.

황색 얼굴은 흰색 가면으로 전혀 감정을 드러내지 않는다. 화가 나도 기쁜 척, 싫어도 좋은 척, 자신의 태생적 얼굴에서 벌어지고 있는 현대인의 은유적 모습이다.

미국의 한 여행 잡지가 세계 10대 미인 도시를 선정하여 발표했다. 아홉 번째로 서울이 선정되었다. 아시아 국가 중에 유일하게 우리나라가 순위에 들었는데 그 이유가 서울에는 미인들이 많은 도시이고 음악과 패션 등, 문화에서도 아시아를 대표한다고 했다. 아마 세계적으로 열풍을 일으키고 있는 '케이팝'이나 싸이의 〈강남스타일〉이 영향을 미치지 않았나 생각된다.

거리에 나서면 얼굴 생김새가 비슷한 여성들을 많이 만난다. 눈, 코가 선명하고 하관이 뾰족하여 개의 턱을 닮았다. 신체도 패션에 맞추어 체형이 발달된 것처럼 팔이 길고 다리도 길다. 여기에 남성의 여성화도 미인 도시로 뽑히는 데 한몫했을 것 같다.

얼굴은 개인의 정체성이나 성정이 드러나는 개방된 부위다. 헌데 얼굴의 개념이 달라지고 있다. 태생적 미에 감사하고 귀하게 여기기보다는 자신의 내면과 외부세계의 경계 속에서 방황하며 흔들리고 있다. 아름다워야, 잘

생겨야, 특별한 삶을 보장받을 수 있다는 어리석음이 태생의 얼굴에 의술의 힘을 빌리고 있다.

사람의 얼굴이 아니라도 생물의 얼굴은 그 시대에 따라 영적인 예지력과 샤머니즘적 지주 노릇을 했다. 로마 시대에 출토된 인면구슬이 로마 병사들에게서 발견된 것을 보면 부적이나 액막이었을 가능성을 보여주고 상인들은 교역품으로도 사용되었을 것으로 추정한다. 인면구슬에 드려진 둥근 눈은 메두사의 눈으로 마귀로부터 보호받기 위함이란 추측이 높다. 인도의 고대 무덤에서 발굴된 신라의 인면구슬은 부처를 형상화하였다. 1.8cm의 인면구슬에 신라의 역동적인 고대사가 숨 쉬고 있다.

왕후의 얼굴조차 그리느냐, 마느냐 티격태격하며 남녀유별의 유습이 드셌던 조선 시대를 거슬러, 소통과 자유가 충만한, 지금은 얼굴에 그 사람의 삶까지도 클로즈업시킬 수 있다.

한 여인이 나를, 나도 그 여인을 보고 있다. 타계하신 신동헌 화백이 그려준 십 년 전 내 얼굴이다. 여성의 아름다움을 이상적 이미지로 표현한 '르누아르'처럼 결코 유순하지 않은 인상을 지우고 생동감 있게, 뇌살스런 미소를 품은 삼십대 사랑스런 여성으로 탄생시켰다. 경쾌하고 화사한 색감은 없어도 통통한 볼에 생기 있는 눈빛은 지금의 나보다 존재감이 당당해 보여 보기 좋다.

근래에 그린 초상화를 본다. 편안해 뵈는 얼굴에는 신앙의 향기가 묻어난다. 숱한 감정의 여과를 거친 십년이 지난 내 얼굴이다. 삶에 무언가 새로운 것, 신나는 것을 갈망하는 본능적이 아닌 일상의 작은 소리가 예술가를 만나 명곡으로 태어나듯 순연한, 사실적인 모습이다. 편안하다.

가면을 벗는다. 비록 가면을 벗었어도 현대인은 가면에 익숙해져 있다.

자신의 내면이 흔들리고 방황할 때마다 바이러스 같은 가면은 신체에 침투해 전두엽을 중독되게 한다.

　인간이 브라흐마 신처럼 네 개의 얼굴과 네 개의 팔을 가졌다면 정체성의 상실이나 방황하고 고뇌하지 않고, 교만한 채, 형이상학적이 되었을 것이다. 그래서 신은 어머니를 통해 세상에서 단 하나뿐인 얼굴을 부여해주셨다. 기계의 힘을 빌리지 않아도 되는 얼굴, 가면의 얼굴이 아닌, 성호를 긋지 않아도 편함을 주는 작고 오래된 성당 같은 덜 예쁜 얼굴, 이게 지금의 내 얼굴이다.

자유의 나무
-생명(1)

　성못길에 또는 계절 따라 가끔 들르는 농막이 있다. 그곳은 흙벽에 황토를 바르고 바람이 잘 통하는, 신(神)이 여행하다 들르기도 하고 여신(女神)이 옷자락을 끌며 서성일 만한 곳이다.

　이곳을 스쳐 지나가는 바람은 천상의 음악을 실어다 주기도, 창작을 암시하기도 한다. 나를 흥분케 하는 것은 티티새, 개똥지빠귀, 쏙독새 같은 숲속의 소리꾼들과 가까운 사이가 될 수 있다는 거다. 해가 떠오르기 시작하면 농막은 안개의 실루엣을 벗는다. 예서제서 머리를 드는 야생화들의 수런거림이 들리고, 한낮의 잔잔한 비바람이 치다가 멈추다 하는 사이사이 이곳과 가장 친한 이웃이 된다.

　오후 한때일지라도 초저녁의 고요함을 지니고 있으며 백로들의 액액거리는 울음이 이 기슭 저 기슭에서 울려온다. 해마다 성못길이 지루하지 않았던 것도 그곳에 가면 귀한 생명들의 원무를 보며 삶의 무게를 덜어낼 수 있다는 행복함 때문이었다. 그런데 이제 그런 기대와 행복감이 깡그리 무너져버렸다.

　딸이 결혼하여 어여쁜 손녀가 태어났다. 손녀사랑에 빠져 성묘 나들이가 뜸했다. 그 사이 '절가리 농막'이 자연의 도살장이 되어버렸다. 숲의 생명들이 우울증에 걸리기라도 하였나 소리가 멈춰버렸다. 귀한 손님 백로의 모습은 온데간데없이 사라지고, 그 많은 생명을 품고 키워오던 몇백 년 된 늙은 홰나무마저 허옇게 고사해 버렸다.

안성 보개면 절가리는 오래전부터 백로, 황로의 서식지였다. 홰나무와 백로가 절가리 명물이 된 것도 그 때문이었다. 무성하게 퍼진 가지마다 백로들이 마치 흰 물감을 뿌려놓은 듯 둥지를 틀었다. 긴 목을 S자로 구부린 채 외다리로 서 있는 모습은 인간이 감히 닮을 수 없는 우아함의 극치였다. 긴 목과 긴 다리, 검은빛이 선연한 꽁지를 부채처럼 펴고 나는 모습은 흡사 한삼자락을 나부끼며 허공을 가르는 무대 위의 무희와 흡사했다. 꽃바람을 타고 온 백로는 서로 긴 목을 엮고 사랑에 빠지는가 하면 개울가에서 먹이가 수면으로 올라올 때까지 서럽도록 긴 목을 떨군 채 인내하기도 한다. 절가리 기름진 땅은 이 귀한 생명들에게 아낌없이 먹이(개구리, 우렁이, 미꾸라지)를 제공하는 먹이사슬 역할을 기꺼이 감당했었다.

이들이 찾아든 숫자로 그해 농사의 소출이며 길흉화복까지 점치던 주민들에게 큰 걱정거리가 생겼다. 수십 마리나 되는 백로의 독한 배설물로 마을의 수호신인 홰나무가 시나브로 죽어가고 있었고, 무분별한 농약 살포로 백로 목숨까지 잃는 일이 빈번하게 일어났다. 부족한 먹이로 해마다 찾는 백로를 위해 인위적으로 먹이까지 대접해야 하는 번거로움도 생겼다. 약한 홰나무 가지는 속절없이 부러졌고, 논밭에 먹이가 줄어들자 수십 년간 틀었던 둥지를 버리고 백로는 풍요의 땅을 찾아 훌훌 떠나가버렸다.

홰나무 아래 서본다. 튼튼하던 몸통은 휑하니 비었고 바람이 건드릴 때마다 꺾여버린 듯한 마른 가지, 세월에 화석처럼 굳어진 백로의 배설물들만 드문드문 남아 보는 이의 가슴을 공허하게 했다.

발톱이 퇴화되어 나무 위에는 앉지 못하는 두루미지만 날개로 훠이훠이 추는 구애의 원무는 일품이다. 키가 두루미의 반밖에 되지 않고 우아함 또한 반밖에 닮질 못하였으나 긴 목과 긴 다리, 날카로운 긴 부리로 먹이의 몸통을 정확하게 뚫어버리는 참을성 많은 사냥꾼이 백로다. 여름 철새였던 백로는 지구온난화로 이제 어디서나 둥지를 트는 한반도의 철새가 되었다.

독한 배설물로 산화되어 제 몸은 희생되어도 다른 수많은 생명을 품고 키워낸 늙은 홰나무는 이제 수명을 다했다. 수액이 말라 허연 유령의 몰골로 벌판에서 절가리를 굽어보는 수호신이 되었다. 우아하고 품위 있는, 청정과 풍요의 상징인 백로, 그 영화로운 생명은 아낌없이 몸을 내주었던 홰나무와의 공존이 있었기에 가능했다. 다 주고 컹컹 울리는 빈 몸의 나무는 이제 자유다. 자유의 나무다.

자연은 이 땅에 또 다른 생명을 보내주실 것이다. 숲의 주정꾼들 개구리, 귀염둥이 꿩, 미친 듯한 웃음소리가 특징인 야생오리, 콩밭, 고구마밭을 망쳐놓는 멧돼지, 어둠의 정령인 부엉이, 그리고 슬프고 화려한 백로의 원무를 다시 보는 것은 모든 생명체의 곡진함일 것이다.

중국 장족 여인 1 30×46cm, 파스텔

두건을 쓴 여인 30×46cm, 파스텔

호세 카레라스 30×46cm. 파스텔

태양
－생명(2)

해넘이가 가까운 태양 빛은 눈이 부셔서 차마 바라볼 수가 없다.

일주일 넘게 남새밭에 들르지 못했다. 그새 쑥갓이 꽃대궁을 밀어올려 샛노란 꽃을 피웠다. 몽실몽실 열매가 맺힌 토마토 포기에도 곁가지에 노란 별모양 꽃을 피웠고 진보라, 연보라 꽃이 한창인 가지꽃은 수줍은 듯 일제히 고갤 숙였다. 코를 톡 쏘는 청겨잣잎에도 대궁이 올라왔고 치커리는 씀바귀처럼 잎이 무성해져 저희끼리 몸이 엉켜있다. 쌈채소는 연할 때 따야 맛있게 먹는데 수확기가 늦은 데다 가뭄까지 겹쳐서 잎은 실한데 연한 맛이 덜하다. 게다가 유기농이어서 반은 벌레가 먹고 나머지만 내 차지가 된다.

태양이 슬며시 숨고 나니 보랏빛 정적이 서서히 남새밭에 내려앉는다. 이삼 일에 한 번씩 주는 지하수로 겨우 갈증을 풀어준 식솔들(남새밭 채소들)에게 미안해서 이번에는 물을 주고도 살근살근 밭고랑도 매어주고 마른 잎에는 세수도 시켜준다. 막 곁눈이 트이는 열무에 스킨십도 해준다. 상추며 쑥갓이 쌉쌀한 향을 내뿜는다. 이 향은 이들만의 서로의 대화이고 이슬이 아닌 인위적인 수분이지만 갈증을 해소하였다는 감정의 표시인 듯하다.

식물도 인간처럼 느끼고 기뻐하고 슬퍼한다. 예쁘고 우아하다는 말을 듣는 난초가 윤기 나는 잎을 달고 잘 자란다. 제아무리 꽃의 여왕이라는 장미에게 볼품없다는 말을 들려주면 장미는 자학한 끝에 시들어버린다. 홍당무는 당나귀나 토끼를 만나면 사색이 되고, 제비꽃은 모차르트나 바흐, 재즈도 좋아하고 록(Rock) 음악은 싫어한다고 한다.

모든 식물이나 채소는 예지와 영성을 지닌 녹색의 현자들이다. 과학적 논증과 풍부한 인문적 상상력을 발휘하여 식물왕국의 놀라운 비밀을 식물 고전은 이렇게 밝혀낸 이론이다. 바구니 속 채소들도 자신들이 곧 뜨거운 물에 데쳐지거나 소스나 소금에 절여지고 말 운명을 생각하며 비명을 지른다. 식물이나 채소는 자신을 돌봐주는 인간에게 관심과 애정을 보인다. 마음을 읽고, 반응을 보인다고 한다.

산봉우리를 넘어온 저녁바람이 달콤하다 못해 갯내음을 풍긴다. 낮 동안 태양이 풀어놓은 열기로 남새밭엔 에너지가 충만하다. 감자꽃을 따라왔던 벌, 나비들도 안식에 들었는지 모습을 감췄다. 오이 넝쿨은 눈이 없어도 주변 환경을 살피고 더듬거리며 유령처럼 줄기를 뻗어나간다. 버팀대가 필요한 덩굴 식물들은 근처에 버팀이 될 만한 것을 찾아서 한사코 기어오르고 자신이 원하는 방향으로 나아가고 있다.

밭둑에 주저앉았다. 지열이 따뜻하게 올라온다. 인간은 식물과 함께 있을 때 가장 행복하고 편안한 기분을 느낀다. 그것은 여전히 충만감에 젖어 있는 식물들의 심미적 진동을 인간이 본능적으로 느끼기 때문일 것이다. 우리가 연간 소비하는 4, 5천 톤에 달하는 식량의 대부분은 바로 이 식물들이 햇빛의 도움을 받아 공기와 토양으로부터 만들어 내는 것이다.

모든 생명의 원천은 태양으로부터 나오는 것이기에 인간은 오래전부터 태양을 숭배하였나 보다. 고대 이집트, 그리스와 로마, 아즈텍과 잉카제국 등의 신화, 종교, 풍속에서 태양숭배 사상을 찾아볼 수 있다. 이집트의 파라오인 아코나톤이 가족과 함께 태양신을 경배하고 있는 모습을 볼 수 있다. 오직 하나뿐인 태양신 라(Ra)를 진심으로 숭배하고 그래서 자신이 태양의 유일한 아들이라는 것을 알리고 싶어서였을 것이다.

태양의 화가 고흐의 〈씨 뿌리는 사람〉은 이글거리는 아를의 황금빛 태양을 배경으로 씨 뿌리는 농부의 모습이 고흐 자신의 모습이었을까 에너지가 넘쳐 보인다. 운보 화백도 고흐처럼 태양을 동경했다. 현실에 존재하지 않는 새 태양을 품은 새를 통해 자신의 또 다른 모습을 나타내었고, 그런 그의 예술혼은 태양에 불타고 있다.

영국 런던 테이트모던미술관 입구 터빈홀에는 황금빛 태양이 떠 있다. 실제 태양이 아닌 인공 태양이다. 미술관 실내에 태양이 떠 있는 듯, 노란 전구 이백여 개로 반원을 만들어 착시효과를 만들어 낸 것이다. 그런데 마치 실제 태양인 것처럼 반응해 태양 아래서 일광욕을 하듯 전시장 바닥에 눕거나 앉아서 인공 태양 빛을 마음껏 즐기는 모습이 새롭기만 하다.

오늘도 전 세계의 과학자들은 자연을 새로운 눈으로 바라보고 친환경 에너지인 태양에너지를 더 효과적으로 활용할까 골몰하고 있다. 고대의 지도자들이나 많은 이들이 태양을 숭배하였던 것은 어쩜 미래를 내다보는 예지가 있지 않았을까 생각하게 한다.

남새밭은 자연이 만들어놓은 화가의 캔버스 같은, 거대한 콜라주다. 태양을 중심으로 자연계의 생물들이 벌이는 콜라보레이션은 호머 헌드레드

시대의 공헌자다. 협력하여 신비한 약재나 먹거리 제공으로 인간의 생명 연장을 실현하였고, 생명 자본주의 시대를 열어놓았다. 인간이 숲의 지배자가 되어버린 것이다.

바다에는 해녀들의 숨비소리가 넘쳐야 하고 숲은 초록이 가득해야 하는데 인간 삶의 근원이고 공생의 터전인 바다도, 숲도 생존의 위기에 있다. 가지지 않아 행복한 생물이 있는 반면에 많이 갖고도 더 많이 더 오래 살겠다고 수단과 방법을 가리지 않는 인간 군상들, 삼십육억 년의 지구가 삼백 년 자본주의 역사에게 무릎을 꿇은 것이다.

우리 조상도 태양을 숭배하였기에 우리도 태양의 자손이다. 해맞이 기원은 오래전 조상에서부터 할아버지의 할머니를 비롯해 어머니 대에까지 저항 없이 숭배하였던 기복신앙이었다. 서천에 달이 기울기 전에 일어나 샘물에 비친 달을 길어 올려 정화수를 삼았다. 조왕에도, 장독대에도 늘 정화수가 놓여 있었다. 하늘의 태양신을 숭배하였고, 땅에는 지신을, 부엌의 조왕신에게 지성을 드렸다.

바구니에 상추와 쑥갓, 어린 열무까지 건강한 찬거리가 가득하다. 쑥갓은 데쳐서 나물해 먹고, 어린 열무와 청경채는 브런치 빵과 함께 먹을 샐러드 거리로 충분하다. 내 어릴 적 엄마의 바구니는 더 풍성했다. 새벽이슬을 밟고 밭에 나간 엄마가 돌아오는 시간은 동이 트기 전 아침밥이 구수한 냄새를 풍기며 뜸이 들어갈 때쯤이었다. 여린 호박잎은 밥솥에 찌고 애동호박은 숟갈로 뚝뚝 잘라 풋고추와 함께 된장찌개에 들어간다. 화학조미료 없이 맛을 내던 그 칼칼하고도 깊은 맛을 이제는 찾기가 어렵다.

태양은 생명이고 곧 전체이다. 자연이 키워낸 살아있는 생명체 푸성귀가 바구니 가득하니 부자가 부럽잖다. 이들과 대화로 생명을 유지하고, 건강한 영양분을 공급받으며 생명을 이어가고 순환한다.

이른 아침 호미를 들면 생명의 진동을 느낄 수 있다. 인간이 원하는 것은 무엇이든 햇빛, 태양에너지로 얻을 수 있다. 태양은 지구상의 모든 생물, 잡초까지도 키워낸다. 오이, 호박, 여주 넝쿨이 쭉~쭉 몰라보게 유령처럼 뻗어간다. 밤새 부쩍 자란 열무잎이며, 겨자잎이 방아벌레 습격으로 구멍이 숭숭 뚫렸다. 어떤 포기는 줄기만 앙상하니 남아 마치 어느 화가의 설치예술품을 보는 듯하다. 이 모두가 태양으로부터 거저 받은 것들이 아니던가.

울타리를 점령한 덩굴장미가 유월의 신부처럼 유독 싱그럽고 아름다운 아침이다.

살구꽃이 피면 한번 모이고

내가 일찍이 채홍원과 더불어 시모임을 결성하여 함께 어울려 기쁨과 즐거움을 나누자고 의논한 일이 있었다.

이숙이 '나와 그대는 동갑이니 우리보다 아홉 살 많은 사람과 아홉 살 적은 사람들 가운데 나와 그대가 동의하는 사람을 골라 동인으로 삼도록 하세.'라고 해서 모두 열다섯 사람을 골랐는데 이유수, 홍시재, 이석하를 비롯 우리 형제 정약전과 약용 및, 채홍원이 바로 그 동인들이다. 이 열다섯 사람은 서로 비슷한 나이 또래로 서로 가까운 거리에 살며 태평한 시대에 벼슬하여 그 이름이 가지런히 신적에 올라있고, 그 뜻하는 바나 취미가 서로 비슷하였다.

모임이 이루어지자 서로 약속하기를 "살구꽃이 피면 한번 모이고, 복숭아꽃이 피면 한번 모이고, 여름 참외가 익으면 한번 모이고, 국화꽃이 피면 한번 모이고, 초가을 서지(西池)에 연꽃이 구경할 만 하면 한번 모이고, 겨울이 되어 큰눈 내리는 날 한번 모이고, 세모에 화분에 매화가 피면 한번 모이기로 했다. 모일 때마다 술과 안주, 붓과 벼루를 준비해서 술을 마셔가며 시가를 읊조릴 수 있도록 해야 한다. 나이 어린 사람부터 먼저 모임을 주선하도록 하여 차례대로 나이 많은 사람까지 한 바퀴 돌고나면 다시 시작하여 반복하게 한다. 정식모임 외에 아들을 낳은 사람이 있으면 한턱내고, 승진한 사람도 한턱내고, 자제가 과거에 합격한 사람도 한턱내도록 한다."라고 규정했다. 이에 이름과 규약을 기록하고 그 제목을 붙이기를 〈죽란시사첩〉이라 했다. 그 모임은 대부분 우리 집인 죽란사에서 있었기 때문이다. 채재공 선생이 이 일에 대하여 들으시고는 "모임이 참 훌륭하구나. 나는 젊을 때 어찌하여 이런 모임을 만들지 못했던고."라며 탄식하였다. 위의 글은 18세기 최고의 실학자이며 개혁가요 정조 임금의 최측근이었던 정약용 선생의 시대를 뛰어넘는 문학적 재치와 시대상이 현대를 사는 문학인들에게 크게 공감을 주어 소개하였다.

인간의 근원적 갈망은 오래전부터 글과 노래, 그림, 조각 등으로 표현되어 왔다. 예술은 이렇게 근대나 현대나 관계에서부터 사랑에 이르기까지 문화가 되고 언어가 되었다. 언어를 조탁하여 인간의 감성에 힘과 생명력을 주고 영원을 심어주는 게 문학의 역할이다.

문학이 향기롭지 못하고 질적 부재로 스스로 책임져야 할 짐이 되어가고 있었다. 그런 갈등 속에 발을 들인 곳이 남산기슭이다. 두려움 반, 기대 반이었으나 남산의 오월은 아름다웠다. 남산제비꽃이 산들바람에 미소를 흘리고 푸른 숲이 건네주는 상쾌함은 시들어가던 감성에 활력을 주었다. 남산순례길에서 만나는 옛 사학자들과 두 주먹 불끈 쥔 채 장안을 지키고 계신 안도마 안중근 의사며 먼저 가신 시인들에게서 문학의 시대적 변화와 통섭도 읽었다. 문학의 집은 어느덧 문학인의 안식처이고 사유의 뜰이 되었다. 죽란시사첩보다 더 가족적이 된 금요, 수요문학을 위해 가는 길은 누가 뭐래도 명품길이 되어 행복하다.

오래된 필름(1)

겨울이 밀려나더니 매화나무 가지에 발그레한 꽃망울이 조랑조랑 맺혀있다. 이 봄은 화사한 봄꽃을 기다리는 것도 잊은 채 한 가지만을 염원하고 보낸, 많은 시간이 축적되어 있었다.

담담하지만 감사하는 마음으로 거친 흥분을 가라앉히고, 정의와 자비만을 생각하면서 잠시 숨을 고를 때인 듯하다. 나 자신을 성찰하고 관조하는 시간이 필요할 것 같다.

아름다움을 관조하는 시간은 눈을 감을 때 찾아온다. 감미로운 음악을 듣고 있노라면 무디어진 가슴에 촉촉이 단비가 내린 듯 생기가 돌고 온갖 애증의 감정들이 자유로워진다. 내면의 눈이 떠지면서 화사하게 피어나는 꽃들을 바라보면서 경탄하게도 된다.

아카샤꽃! '사랑' 하면 아카샤꽃이 떠오른다.

내가 자취하던 집은 아(亞)자무늬 창이 아름다운 한옥이었다. 아침에는 햇살이 창을 통해 음악처럼 흘러들었고, 밤에는 까만 하늘에 별들이 쏟아질 듯 아찔하게 아름다웠다.

산 쪽으로 난 자그마한 창은 나에게 계절의 감각을 농밀하게 실어다 주었다. 산을 향해 실처럼 가늘게 이어진 조붓한 길이 나 있었고, 오월이 되면 아카샤꽃이 만발하여 환성을 자아내게 했다. 탁 트인 하늘이 좋아 창틀에 턱을 괴고 꽃향기와 수향을 들이키며 상상의 세계로 빠져들곤 했다.

중간고사를 마치고 평소보다 일찍 돌아와 쇼팽의 녹턴을 감상하며 꽃향기에 취해있을 때였다. 산허리를 돌아 올라오는 한 남학생에게 시선이 멈췄다. 창에서 그리 멀지 않은 곳이라 햇살을 업고 서있는 남학생 전신이 흡사 꽃 속에 세워진 조각상같이 투영되었다. 오똑한 콧날에 짙은 눈썹, 이마는 지구본같이 매끈하니 둥글고 시원했다. 코발트색 티셔츠가 단정했고 손에는 책이 들려있었다. 그리곤 자주 아래로 시선을 돌리며 누군가를 기다리는 듯 시계를 들여다보았다.

마냥 평온하였던 가슴이 방망이질 치기 시작했다. 나를 흔들어 놓은 이 갑작스런 상황을 어찌 설명해야 하나. 로미오, 그래! 어느 별에서 온 로미오일까! 나의 시선은 다시 남학생에게 꽂혔다. 검은 피부색에 적당히 넓은 어깨가 역삼각선을 그으며 내려갔다. 안개 낀 런던 다리에서 아름다운 비비안 리를 기다리던 제복의 짧은 머리 미남 로버트 테일러가 인서트되었다. 책을 뒤적이며 한동안 있던 남학생은 이내 자리를 떠났다.

산뜻한 바람이 내 창가로 아카샤 꽃잎을 한 움큼 떨어뜨리곤 달아났다. 그사이 남학생은 사라졌고 서녘 하늘에 보랏빛 어둠이 스멀스멀 깔리더니 큰길에 선 자동차 소리가 들려왔다. 집중되지 않는 가슴으로 책상에 앉아 남학생이 손에 들었던 책을 상상해 보았다. 모윤숙의 렌의 애가? 아니면 바이런이나 하웁트먼의 시집?

저녁 먹는 것도 잊고 나는 일기장을 꺼내 끄적거렸다. 아주 짧은 순간 낯선 남자에게 사랑을 느꼈던….

그해 봄날 창가에 비쳤던 그 남학생을 아주 오랫동안 사랑한 사람 같았다. 꽃향기가 바람에 실려 올 때면 그의 미소도 함께 내게로 와 그만 사랑하게 되었다는…. 얼마 동안 창을 열 때면 여러 번 그 남학생을 떠올리곤 했다. 지는 꽃잎이 꽃보라를 칠 때도 창밖으로 목을 빼고 산을 훑어보았다. 달빛에 아(亞)자무늬가 우련해지고 야산을 넘어온 바람이 소리 내어 울 때, 두 번의 겨울을 보내고 나는 그 한옥을 떠났다.

작년 초봄이었다. 샛노란 복수초가 벙글었다는 지인의 전화에 서둘러 집을 떠났다. 지하철 1호선에서 중앙선으로 갈아타기 위해 나는 내리고, 1호선으로 환승하기 위해 밖에서 기다리던 승객들은 객차 안으로 들어서는 순간이었다. 순간 감전되듯 뒤를 돌아보았다.

모시 바구니처럼 하얀 머리에 운동기구를 메고 들어가던 노신사! 열차가 머문 2분 동안 아주 짧았던 '사랑에 관한' 오래된 필름을 돌리며 그 당황스러웠던 사랑의 출연을 유추하였다. 큰 키, 둥근 이마, 짙은 눈썹에 가린 듯한 얇은 눈꺼풀, 봄날 꽃향기처럼 감전되어 오는 사랑 바이러스가 곰실곰실 살아났다. 저 멀리 쏜살같이 달아나는 열차 꽁무니를 바라보며 그만 어지럼증을 느끼고 말았다.

계단을 내려와 막 도착한 열차에 올라 커피 한 모금을 넘겼다. 꽃을 찾아 떠나는 열차에서 떠나간 사랑을 추억하는 이 순간이 녹턴처럼 아릿하게 지나간다.

나도 모델 30×46cm, 수채화

명상 30×46cm. 파스텔

턱을 괸 여인 30×46cm, 파스텔

소녀 30×46cm. 파스텔

신선居 1. 72×62cm, 유화

신선居 2. 72×62cm, 유화

오래된 필름(2)

60여 년 만에 모교 고등학교를 방문할 기회가 왔다. 넓고 한적한 곳으로 이전한 모교에서 개교 80주년 행사에 졸업생을 초대해 준 것이다. 그날은 봄비까지 추적추적 내려주어 학창 시절을 추억하기 십상이었다.

서울에서 청주까지 수없이 쏟아놓은 추억보따리까지 싣고 모교에 도착하니 졸업생을 맞는 대형 현수막이며 띠를 이어 환영의 박수를 치고 있는 후배들이 어찌나 정답던지 가슴이 설레었다. 머리가 희끗희끗해진 선배들이 후배들을 마치 손녀딸 대하듯 안아주며 등도 토닥이는 게 영락없는 친정 나들이를 한 사람들 같았다.

60여 년 전의 낡은 교사가 아닌 깨끗하고 쾌적한 공간이며 아기자기한 청명원의 잘생긴 나무며 꽃들이 예서제서 반갑게 미소 지으며 맞아주었다. 강산이 여섯 번이나 바뀌는 세월 동안 수많은 졸업생을 배출한 모교, 이제는 어엿한 성년의 모습이다.

환영식을 마치고 교정 구석구석을 돌아본 뒤 강당에 준비된 점심을 먹었다. 이어서 선후배가 어우러지는 축제가 시작되었지만 나는 조용히 빠져나와 고향 가는 길로 접어들었다.

'꼭 한 번은 가야지' 벼르기 65년이었건만 의외로 고향길이 쉽게 터진 셈이다. 그때는 버스로 두 시간여를 흔들리면서 고생해야 갈 수 있었는데 산뜻하게 포장된 고속도로를 달려 순식간에 고향에 도착했다.

미호천! 미호천이 먼저 얼굴을 내민다. 고향 떠나 살아도 늘 가슴에 흐르던 그 시냇가 뚝방! 달개비, 망초, 풀나비, 별별 꽃들이 봄부터 가을까지 축제를 벌이던 언덕 밑엔 뽀얀 속살을 드러낸 개울에 어미 오리가 탁구공만한 새끼 오리와 함께 먹이사냥을 하던 곳, 지금 나는 그곳에 서 있다. 여름이면 늘 세수하러 내려오던 개울가 그 돌방석, 그런데 낯설다. 그간의 설렘을 누르는 이 허탈함은 무얼까. 그리 많던 말풀이며 방아깨비도 없는 언덕엔 현실만이 내려앉았다. 시멘트로 포장돼 흙도 없는 언덕이며 초가집도 없고, 마을길도 넓어져 영수네 집도, 순금이네 집도 찾지 못하겠다.

문명의 흔적이 세월의 나이테처럼 선명하다. 하기야 밀려오는 문명의 수혜를 고향인들 마다할 리 있었겠는가. 맥없이 근처 의자에 주저앉았다. 그리곤 아주 오래된 필름을 서서히 돌리고 있었다.

내 꿈과 소망 절반을 키워온 언덕, 사랑과 행복, 전쟁과 이데올로기 이념을 알게 해주었고, 오늘의 나를 이성적으로 성장시켜준 곳, 그리고 아직 끝나지 않은 한국전쟁이 벌어지던 그날 아침도 선연히 다가왔다. 평화롭던 이 마을에 느닷없이 일어난 난리! 그건 일곱 살 나와는 아무런 상관이 없는 죽음, 이별, 파괴였을 뿐이다. 이른 아침, 전쟁의 시작을 알리는, 태어나 처음 들어보는 대포 소리의 굉음이 조용했던 마을을 찢어놓았다.

일곱 살배기 아이는 세수를 하려고 개울로 달려와 돌방석에 앉아 구름이 흘러가는 모습을 올려다보고 있었다. 눈을 낮추어 장수바위를 보다가 질펀한 논 한가운데를 유영하듯 먹이사냥을 하는 황새 부부를 바라보았다. 그러다 버릇처럼 물에 비친 내 얼굴을 들여다보고 있노라니 까만 점 같은, 보일 듯 말 듯한 투명한 물체가 움직이고 있었다. 동공을 크게 뜨고 찬찬히 들여다보니 송사리 치어들이 잔잔한 물살을 이기지 못해 오르다 밀리다 하며 아침햇살에 빛나고 있었다. "어머-이뻐라."라면서 잽싸게 두 손으로 움켜 고무신에 담았다. 두어 번 움켜 담고 보니 여남은 마리나 되었다. 거기에 수초를 뜯어 넣어주고 예쁜 자갈도 깔아주었더니 근사한 고무신 어항이 되었다. 풍요와 빈곤, 전쟁과 평화를 알지 못할 나이지만 아찔하리만큼 아름다운 샛노란 장다리 밭에서 느꼈던 그때와 흡사한 동요를 느꼈다.

"난리! 난리. 얼른 가자~ 난리가 났어. 피난가야 해." 총알처럼 달려와서 숨쉴 틈도 없이 잡아끄는 엄마의 손에 부딪쳐 어항은 그만 땅바닥에 뒹굴었고 흙바닥에서 고물거리던 생명체는 이내 움직임을 멈추고 말았다. 엄마가 황망히 내지르던 소리보다 소중한 나의 장난감이 땅바닥에 무참히 내동댕이쳐졌는데 전쟁보다 더 큰 슬픔이 처음으로 목울대로 올라왔다.

"난 몰라~ 난 몰라" 울며 집으로 끌려오면서도 난리에 대한 궁금증은 떠나질 않았다. 그로부터 육십팔 년간 휴전상태로 이 시간까지 이어지고 있는 난리! 일곱 살 소녀의 꿈을 무참히 깨뜨린, 참으로 나쁜 난리는 무던히도 우리의 속을 태웠다.

북쪽의 남침으로 치가 떨리는 칠십 년여의 전쟁은 열강에 의해 원치도 않은 휴전협정이 체결되었다. 그 결과는 승자도 없이, 조끼 주머니만 한 이 나라가 하나뿐인 분단국이란 오명도 얻었다. 그런데 지금 이 강토엔 주님도 놀랄 일이 벌어지고 있다. 육십팔 년간 무던히도 주변국 속을 썩이던 북

한의 정상이 평화의 깃발을 들었다. 카오스를 헤치고 인내한 그간의 기도가 헛되지 않아 창끝을 돌린 걸까.

우리 땅 100리 거리 통일각, 그 비극적 공간에서 남과 북의 정상이 만나는 역사적 대박이 터졌다. 아직은 불확실한 모순의 상태지만 평화통일을 위한 필부들의 기도가 큰 소출을 거둘 거라 희망을 가져본다. 머리에 이고 등에 잔뜩 지고 리어카에 꽉꽉 눌러싣고 떠나던 피난길, 바로 이 뚝방 길이 가슴 뭉클한 필부의 평화오디세이가 되었다.

거기에 아주 오래된 필름에 한 가지 더 저장하고 싶은 게 있다. 일곱 살에 입력되어버린 6·25라는 치욕적인 숫자를 지우고 4·17 '남북회담', 6·12 '북미회담' 희망적이고 럭키한 숫자를 입력하련다. 이제 곧 오게 될 한반도의 봄을 기대하며….

놓아야 비로소 아름답다

처음 화장실 문화가 시작되었을 즈음, 우리 집에 설치했던 비데를 오늘 떼어냈다.

비데는 우리 가족을 위해 그동안 묵묵히 자기 소임을 다했다. 우리 집 가전제품들은 십 년 이상 사용한 제품들로 다른 이들에게는 진즉 버려졌을 것들이다. 나는 고장 나지 않았는데 유행이 지났다고 교체한다는 것은 비용 문제는 차치하고 안주인인 내 손때가 묻은 정든 생명체라 여겨져서 쉽게 버리지 못한다. "이 아까운 것들…"이라며 다시 거둬들인 적이 몇 번이던가. 새로 사들이는 문명의 이기들로 생활공간이 병들고 있다는 것을 느끼곤 한다. 일상, 생활공간을 정돈한다는 건 자신을 바꾸는 것과는 다른 의미다.

집은 생명을 담는 거대한 그릇이다. 피부 케어, 마음 케어, 몸 케어까지, 시키지 않아도 부지런히 하며 인생 전체를 살피는 생명케어 즉 주거공간 정리는 부진했다. 비워놓아야 할 자리에 물건들로 가득 채워놓아 신진대사를 할 수 없게 한 집 안, 사람과 물건이 같이 병든 채 늙어가고 있다.

집 안에서의 첫 공간인 현관, 하루 중에서 가장 편안해지는, 외출에서 처음 발을 들여놓는 곳이 현관이다. 공·사적 번거로움을 벗고 자율신경이 편안해지는 순간을 위해 존재하는 현관의 공간, 매우 쾌적하게 정돈되어 있어야 할 공간이지 않을까. 수납하지 못해 넘쳐나는 물건들, 서랍마다 밑천으로만 남아있는 옷가지들. 이런 물건들은 이제 몸의 대화처럼 쓰임을 다한 것들인데 마음의 때가 되도록 씻어주지 못했다.

정리를 수납이라 단순하게 생각해선 안 된다. 사용하지 않아 죽은 거나 다름없는 많은 소장품의 장례를 치러줘야 한다. 더 이상 나에게 필요 없는 물건을 놓아주는 절차인 장례, 제대로 된 죽음의 자리를 선사해 숨을 불어 넣는 정신의 충족, 가득한 물건에서 해방되어 평안을 느끼는 현명함을 찾아야 한다.

소유욕이 커지면 커질수록 자유를 잃게 된다. 호흡이나 음식 등 본능에서 오는 이차적 소유욕은 생명 유지에 영향을 주지 않는다. 안 쓰는 물건, 안 입는 옷, 안 읽는 책들을 끌어안고 살다 보니 채무자가 되어 삶에 부담이 되고 있다. 배설해야 하는 것처럼 이것들도 놓아주어 막힘과 퇴적에서 흐름을 터 주어야 한다.

소중한 것은 모두 일상에 있다는 걸 이제야 깨닫는다.

가을 꽃 36×40cm, 유화

초대 받지 않은 손님 36×40cm. 유화

체리의 계절 46×25cm, 유화

chapter 3

자화상

샤갈 모작–두 얼굴을 가진 보라색 나부 30×46cm, 파스텔

자화상

복면을 한 괴이한 사람들이 거리에 넘친다. 그뿐 아니라 지하철에 들어서면 더욱 병적 징후들이 벌어진다. 가슴이 두근두근하더니 뛰기 시작했다. 목이 간질거리고 따끔거려온다. 따끔대는 목에선 금세 기침이 터질 것 같다.

아니! 기침을 참으려니 입안이 화끈 달아오르며 눈물이 쏟아져 손수건으로 입을 막고 신음하듯 기침을 할 수밖에 없었다. 내 앞에 서 있는 사람, 앉아 있던 옆 사람, 맞은편 사람 시선이 따갑게 꽂혀온다. 앞 사람, 옆 사람이 슬그머니 일어나더니 기침 소리 근린 밖으로 사라진다.

황당하고 민망하다. 헌데 더 황당한 것은 맞은편 낯선 남자다. 한참을 도끼눈을 뜨고 째려보더니 '메르스 환자 아냐' 하는 듯 입가 근육이 흉측하게 일그러진다.

'메르스'라는 메커니즘까지 불확실한 바이러스의 기습으로 온 국민이 공포에 싸여있다. 정부마저 갈팡질팡 신뢰할 수 없다보니 이번 주 약속, 일정은 모두 순연되었다. 소통은 단절되고 하루하루가 긴장되는 현실이다.

눈만 뜨면 메르스, 메르스와의 전쟁이다. 이보다 더 무서운 것은 기침만 하여도 서로 경계하는 불신 바이러스다. 카톡은 원치 않는 괴담을 실어 나르며 순식간에 괴담 바이러스를 확산시켰다. 서로를 불신하라는 메르스발 불신 앞에 면역력은 금세 바닥을 보였다. 명동거리 인사동거리는 중국 요우커들 발길이 끊기고 이름난 음식점도 예약하지 않아도 될 만큼 한산했다.

르 클레지오의 소설 『열병』에 등장하는 인물들은 다 아프고 광기에 차 있다. 병든 사회 속 개인으로 정신적 굶주림과 소통 부재, 누적된 모순과 결핍의 병적 징후로 신음하는 세계에서 개인도 땀 흘리며 신음하고 있다고 표현하였다. 작품 속 아홉 편의 작은 광기는 허구이지만 그렇다고 전적으로 허구만은 아닌, 익숙한 경험에서 길어왔다고 르 클레지오는 고백하였다. 삶의 희로애락 감정들 대신 그가 발견한 것은 사방에서 조금씩 파먹어 들어오는 무수히 많은 벌레, 혹은 개미 떼들이고 이 벌레들이 검은 화살표들처럼 한 지점에 모일 때가 있는데, 그럴 때 사람들은 균형을 잃거나 익숙하지 않은 경험과 맞닥뜨린다고 하였다. 이런 징후가 신열, 구토, 통증 같은 신체 증상으로 나타난다고….

인간의 육체를 에워싼 정체불명의 불안 바이러스는 메르스에 기습당하고, 은폐된 현실에서 당황하고 있는 우리 모습을 보고있는 것이다. 르 클레지오 소설은 문학적 상상력에서 질병이 차지하는 비중이 얼마나 큰가를 묻고 있다. 문학에서 육체의 질병은 오랫동안 인간존재의 근원에 자리 잡은 아픔이고 우리는 지금 어떻게 살아야 하느냐에 대한 성찰이다. 질병은 의학의 영역이기도 하지만 동시에 인간과 사회를 되돌아보는 인문학의 영원한 화두이기도 하다.

보통 사람이 삶의 현장에서 느끼는 무형의 공포감은 의학 차원에서만 해결할 것이 아닐 것이라는 판단을 하게 된다. 우리에게도 책임은 있다. 빈곤한 시민의식, 한국적 간병 문화에 내재된 무지로 후진국형 전염병이 온 나라를 흔들고, 국격을 추락시키고, 국민적 에너지를 탕진하는 참담함을 불러왔다. 메르스는 속도만 중시하고 대충대충, 얼추얼추 하며 살아온 오늘을 일깨우는, 대한민국 그간의 역량에 대한 시험대다.

모두 병들었는데 아무도 아프지 않았다는 우리의 슬픈 자화상을 보고 있다. 아포리아 상태에서 잠시 노를 내려놓고 밤하늘의 별을 바라보자. 우리는 지금 어디를 향해 가고 있나. 이것이 아포리아 시대의 인문학이다. 한 달 동안 바이러스 메르스 앞에 모두 숨죽이고 있었다. 세균을 막는 미세한 여과지로도 걸러지지 않았고 열을 가해도 소용없었다. 이 정체불명의 물체, 살아있는 감염성 액체가 바이러스다.

이 바이러스는 인류 역사에서 숱한 재앙을 일으켰다. 1500년대 스페인이 중앙아메리카를 정복하고 옮긴 천연두로 원주민 90%가 사망하였고 AIDS, 에볼라, 사스, 신종 플루 같은 우리에게 익숙한 전염병을 출현시켰다.

르 클레지오는 소설 『열병』에서 불안 바이러스를 점액질로 묘사했다. 길 떠나고 걷고, 떠돌며 그와 마주치는 사물은 생명체가 되어 공격한다. 느닷없이 고열에 시달리는 '노숙'의 일상을 현미경으로 들여다보듯 세심하게 묘사하였다. 그가 즐겨 사용하는 언어 벌레, 개미떼, 신열, 통증, 몰려오는 졸음, 광고문구, 캘리그래프 같은 글자들이 서술의 영역으로 들어와 언어로 탄생한다. 고열, 경련에 시달리다 깨어나면 아무것도 변한 게 없는, 그것은 그에게 일상이 된 질병이었다. 언어의 표류, 그는 극복의 힘을 걷는 언어,

떠도는 언어에서 길러냈다.

소설 『열병』이 우리에게 시사하는 것은 하늘의 별처럼 많은 언어, 생명과 죽음의 원천을 언어로 찾아가는 여정이다. 이렇듯 질병은 죽음이 아닌 산다는 것의 의미를 환기 시키는 인문학적 성찰의 재료가 된다. 메르스 사태를 통해 우리는 불안 바이러스와 허탈과 무기력에 빠져있던 우리의 자화상을 똑바로 바라보아야 한다.

빨리빨리 대강대강의 단어는 이제 버려야 할, 우리 모두 함께 치유해야 할 모순어다. 힘든 세상에서 잠시 벗어나 인문학적으로 제대로 알아보자.

짝사랑

언제나 창작은 나의 힘이고 기쁨이다.

새하얀 캔버스에 붓을 대던 날, 그 뛰던 가슴을 잊을 수가 없다. 그 기쁨은 결코 내게 선물처럼 쉽게 온 게 아니었다.

나의 창작의 힘은 소녀 시절부터 온다. 몸도, 마음도 아직 쬐그맣던 내게 그림그리기는 소꿉놀이보다 즐거웠다. 밖에선 아이들이 공기받으며 고무줄뛰기를 하며 소란스러운데 나는 방에서 그림놀이 삼매경에 빠져있곤 했다.

캔버스, 이름조차 생소할 때 내겐 쉽게 얻을 수 있는 캔버스 대용이 있었다. 책상을 덮은 새하얀 책상보가 늘 내 마음을 정화시켜 주었다. 빳빳하게 풀을 먹여 다림질한 옥양목 책상보 넓이를 지금 가늠해보면 50호는 실히 될 것이다. 구김 하나 없고 팽팽한 그곳에 연필이나 색연필로 그림을 그리면 얼마나 재미났던지 거기에 구수한 냄새까지 솔솔 올라와 책상 앞은 늘 내 차지가 되었다. 그 책상보야말로 내겐 보물이었고 무시로 그림을 그릴 수 있는 나만의 그림 노트였다.

그 대형 캔버스엔 태초 이 땅의 주인이신 신이 지어낸 생물체들이 있다. 해 질 녘 미루나무로 떼지어 날아드는 참새 떼, 마당에 핀 목단꽃, 풀숲에

앉은 풀나비, 거묵이(개), 앞집 영수 얼굴, 곰보 명순이, 누워서 보면 마치 다른 세상 같은 사방연속무늬 벽지의 천장… 그것들은 생명체였다. 나와 소통하는 친구였고, 꿈을 꾸는 상상의 날개였다. 데생이나 구도, 색채며 명암이 무시된 테이블보 그림 속 세상은 평화롭고 아름답게 빛나는 나의 비밀스런 정원이었다.

아름답게 빛났던 나의 푸르던 시절이 문득 그리워 들여다보았을 때 나는 어느덧 생의 저물녘에 와있었다. 시간을 먹은 얼굴이며, 사랑이나 꿈이 지나가버린 마른 가슴에 현시적 고뇌며 시간적·공간적으로 쌓인 퇴적물들, 그간 세월이 준 또 하나의 내면이었다.

나는 천천히 다가오는 미래의 삶에 격려가 필요했고, 비전을 품는 삶에 용기가 필요했다. 그림을 그리고 싶었다. 강산이 수없이 변하도록 가슴에 담아두었던 짝사랑 그림이다. 내가 제일 잘할 수 있었던 그림이 진로를 결정짓는 중요한 시기에 문학으로 바뀌어 버린 것이다. 그러면서 생의 저물녘이라는 난제에 스스로 묶여 밖으로 나올 수 없었던 거다. 내게 주어진 것들로 행복한 삶을 가꾸는 것에 늦었다는 때는 없다. 지금이 가장 좋은 때, 그때 붓을 잡았다.

이젤에 놓인 캔버스, 저 무한대의 여백이 여전히 이질감과 두려움을 주었다. 가물대는 물마루에 반짝이는 물비늘같이 환시로 다가왔다가 금세 절벽처럼 암울한 그림자를 드리웠다. 이렇듯 감정의 이입이 어려움을 줄 때마다 신이 왜 인간 각자에게 달란트를 주셨나 하는 소박하지만, 원초적인 질문을 하지 않을 수 없었다.

사람은 태어나면서부터 존엄하고 독자성을 약속받았다. 그리기에 집착하면서부터 지금껏 축적된 문학적 미의식이나 감수성이 하나의 통일된 이미지로 자연스럽게 회화의 소재로 살아나고 있었다. 자연, 바람의 꽃, 소리! 나와 관계된 많은 얼굴들, 마치 두려움의 해갈인 듯! 여백에 색을 입힐 때면 야릇한 쾌감을 느끼게 해준다.

창작은 현실의 부정이나 초월로써 가능하다. 이전에 존재하지 않았던 전혀 새로운 기법으로 이루어지는 창작이야말로 예술의 본령이다. 익숙한 대상이 낯설게 느껴질 때 또 다른 존재를 보게 된다. 우리는 익숙한 일상에서 존재를 잊고 살아갈 때가 많다. 당연함에 의문을 던져야만 자신이 스스로 존재론적 가치를 지닌 주체임을 알게 된다. 익숙함이 낯설어 뵐 때 그 순간을 놓치지 말고 왜 낯설어 보일까 의문을 제시해야 캔버스엔 원하는 색채가 탄생한다.

그림을 그린다 해도 아직 부족하다. 뒤늦게 그것도 문학을 넘어서 그간 습작했던 인물화 작품을 모아 그룹전과 초대전에 참석하게 된 동기는 특별하다.

'모지스 할머니' 나는 모지스 할머니의 존재를 내부에서 강렬하게 느꼈다. 모지스 할머니(1860~1961)는 미국 뉴욕시민으로 76세에 처음으로 그림을 그렸다. 또 한 사람 82세에 아들을 얻은 격정의 화가 중국 현대미술 거장 한메이린 노화백이다. 작년(2018. 6.) 예당서예박물관에서 그분의 세계순회전을 관람한 뒤 내 가슴은 달구어지기 시작했었다. 한 세기(101세)를 살면서 그림을 배운 적도 없는 모지스 할머니는 따뜻하고 평화스런 그림을 천육백 점이나 그렸다. 구상과 비구상을 넘나들며 활기찬 그림을 그린 한메이린 화백은 나는 아직 머리도 쉬지 않았고 치아도 빠지지 않았다며 자신의 존재감을 스스로 높이기도 했다. 모지스 할머니는 미국에서 가장 사랑받는 화가가 되어 타임지 표지 모델까지 되었다. 소소한 일상을 스케치하며 행복을 느꼈고 이보다 더 좋은 삶을 알지 못한다고 하였다.

'인생에서 너무 늦은 때란 없다.'는 실천 의지로 자신들의 삶을 빛낸 두 화백은 늦은 길을 가는 내게 많은 자신감을 주며 귀감이 되었다.

작품에 우련한 그리움까지 담아져야 마무리를 생각하게 된다. 오랜 짝사랑 산물이라서 완성 자체가 조심스럽고 수줍다. 아름다움을 일깨우는 예술의 길은 험하지도 그렇다고 순탄하지만도 않다. 그 길을 걸었던, 그리고 지금도 걷고 있는 이들이 남긴 흔적과 빛이 그 길을 비춰주고 있기 때문이다.

나는 오랜 꿈을 이루어가는 내 삶 속에 살고 있다. 바로 지금도….

인도인 30×46cm, 파스텔

가을 설악
72×62cm, 유화

록키의 가을 단풍 72×62cm, 유화

샤갈 모작-부데비스크의 나부 30×46cm, 파스텔

샤갈의 집

천년 주목 위로 쇠잔한 낙엽이 진다. 너무 많이 걸어 지쳐서 발걸음을 멈추듯, 편히 등 기대고 앉아서 오던 길 돌아보고픈 계절이다. 모처럼 면경같이 맑고 팽팽한 하늘이 열리던 날 참으로 웃지 않고 못 견딜 서신 한 통이 배달되었다.

'가을 남자를 보냅니다'라는 제목 아래 선글라스를 쓴 낯선 남자(복사본)가 씩~ 미소를 날리고 있는 사진, "코스모스 핀 황금들판을 거닐다 선배님의 단아한 모습이 떠올라 이 가을 남자를 보냅니다."라는 코믹한 글귀까지 쓰여 있다. 선비 책상에서 미소 짓는 남자가 왠지 낯설지 않아 추억 속 필름을 돌려보아도 도무지 캄캄하다.

나는 스케치북을 꺼내서 그 남자를 A4 크기로 데생하기 시작했다. 짙은 선글라스를 벗기고 날카로운 콧날은 약간 무너뜨리고 눈두덩을 조금 두텁게 턱선은 둥글게… 그러고 보니 어디서 본 듯한 이미지로 탄생되는 게 아닌가. 순간 툭! 무심히 떨어지는 옛 필름 한 조각이 스쳤다. 세월에 떠밀려 아릿하게 남아있는, 풀벌레 소리에도 잠을 설치던 시절 동짓달 바람인 양 스쳐 갔던 그가 떠올랐다.

벌써 강산이 세 번이나 변한 세월이 흘러갔다. 그해 가을 끝자락 호암갤러리에서 계절과 어울리는 수준 높은 전시회가 나를 유혹했다. 유태인의 아들로 태어나 인간에 대한 순수한 사랑과 향수, 서정을 화폭에 담는 '마르크 샤갈전'이었다. 그가 작고 직전까지 붓을 놓지 않고 그린 유화, 오일 파스텔, 판화, 조각 등 작품 100여 점을 감상하고 나니 어느덧 저녁이 되어 서둘러 발길을 재촉하였다.

택시 정류장에는 기다리는 사람들이 많아서 합승이라도 해야 했다. 합승을 기대하고 잠시 머문 택시에 대고 목적지를 외쳐도 목적기가 같은 택시는 없었다. 한참을 그러다 지칠 때쯤 택시 한 대가 멈추더니 손짓을 한다. 반가워 주저 없이 택시에 올라탄 뒤에야 두렵다는 생각이 와락 밀려왔다.

"저기요!" 하며 말문을 트려는데 "샤갈전 보고 오시죠?"라며 앞자리 손님이 먼저 말을 건네는 거다. 뜻밖이라 "어떻게 아세요~" 하였더니 "저도 샤갈전 보고 오는 길입니다. 이층 전시장에서 뵀습니다. 419탑이라고 외치시던데 방향이 같아서 세웠으니 염려마세요."라고 했다.

'주님 감사합니다.'를 속으로 연거푸 외쳤다. 생판 모르는 그의 고마운 배려를 받고도 제대로 인사를 못했고 그 일을 금세 잊고 말았다. 그즈음 나는 발로 뛰며 취재하는 리포터 활동 중이어서 바쁜 나날을 보내고 있었다. 나도 모르는 사이 '샤갈전'은 내게 또 하나의 인연을 만들어 주었다.

그 이듬해 김장철 때쯤 카투사 장교인 사촌오빠에게서 연락이 왔다. 주한 미군을 위한 김장 잠그기 행사가 있는데 가족으로 나를 초대하겠다고 했다. 오빠 부대를 방문하여 다른 가족들과 어울려 김치를 버무리던 중 그곳에서 뜻밖의 그를 다시 보게 되었다. 그는 미국에서 파병된 한국계 주한 미군이었다.

색다른 체험 장면을 카메라에 담아 기분 좋게 돌아오며 이런 만남을 인연이라고 이름 붙이는 게 아닐까 깊이 생각하면서 그와 약속한 다음 주를 기다리게 되었다. 광릉수목원 내 숲속 카페 '샤갈의 집'에서 그를 다시 만났다. 그날 그 숲속 카페가 오랜 세월이 지났어도 기억되는 건 군막사 같은 곳 여기저기에 붙여놓은 샤갈의 그림과 간간이 들려오던 늙은 부엉이 울음소리 때문이기도 했다. 그곳에서 다시 보니 샤갈의 그림들이 더욱 괴이하게 다가왔다.

와인을 마시면서 그와 많은 이야기를 나누었다. 그는 오랜 친구를 만난 듯 사근사근했고 나와의 만남을 꽤 즐거운 듯 약간은 들떠 있었다.

A4용지에 배달된 낯선 남자가 스케치북에서 바람처럼 스쳐 간 그의 모습으로 재현되어 그려진 건 내 깊숙이 잠재된 의식 때문이 아니었을까. 그때 그가 내게 들려주던 샤갈의 예술세계에 대한 깊은 통찰과 지식이 나를 그림 세계로 이끌어주는 계기가 되어 주었으니까.

"지상에 삶의 근거를 두면서도 지상에 뿌리를 내리지 못하는, 공중으로 떠다니는 사람이나 가축 또는 물구나무를 선 형태의 사람, 사물들은 부평초 같은 상황을 암유하고, 샤갈의 초현실적 예술적 요소는 유태인 특유의 정서에서 빚어지는 것으로 이해된다."라고 그가 말했다.

제대 후 미국 맨해튼으로 돌아가며 그는 짤막한 서신 한 통을 보냈다. "우연한 만남이었지만 오래 기억하겠습니다."

샤갈을 사랑해서 초등학교 때부터 그림을 그렸다는 그가 스케치북에서 다시 살아났다. 내 기억의 회로가 희미하게나마 차단되지 않았던 것은 그가 나에게 남기고 간 "하얀 캔버스에 당신을 그려보겠습니다."라는 짧지만 긴 여운 때문이 아니었을까.

자연을 신비롭게 느꼈을 때

'바람의 언덕'엔 아인트리가 있다.

마치 봄날처럼 포근했던 그 겨울, 나는 사랑하는 가족과 작별을 했다.

'저 입구로 들어가면 언제 볼지 모르는데…'

울컥울컥 설움이 치받쳐도 발길을 옮기다, 돌아보다, 또 돌아보다를 거듭하다가 야멸차게 돌아섰다. 그 날이 떠오른다. 멍—하니 집으로 가는 리무진 버스 창가에 앉았다. 그리고 공항 쪽을 다시 돌아보았다. 맞이하고, 떠나는 이들로 스물네 시간 깨어있는 이곳이 오늘은 왜 이별의 장소로만 아플까! 오늘 같은 이별은, 아니 어떤 이별도 더는 없었으면 하는 바람뿐이었다.

캐나다 이민을 마치 나들이 떠나듯 떠난 딸 내외, 손자, 손녀가 눈만 감으면 떠오르더니 하루하루 지내다 보니 이젠 가물가물하다. 막내는 얼마나 자랐을까. 아이들이 학교생활에 잘 적응해야 할 텐데. 무시로 찾아드는 걱정에 조바심이 날 때쯤이면 화상통화가 온다. 네 식구 웃음 띤 건강한 모습을 보고 나면 그제야 체증이 뚫린다.

손녀딸 아인과는 유독 추억이 많다. 시간을 쪼개어 쓰는 엄마, 아빠의 손길보다 내 품에서 내 음식 맛에 길들여지고 내 취미생활에도 동참했던 사랑둥이다. 박물관, 고궁, 영화관, 문학강의실에서도 늘 함께한 최연소 회원이었다. 미술교실에서는 할머니 학생들보다 데생을 더 잘해 장학생이라며 사랑을 받았다. 이민을 준비하는 딸네 가족을 보면서 영주권이 나오기 전에 손녀에게 고국의 모습을 더 많이 보여주고 싶었다.

아인이와 서울숲을 찾은 건 더위가 기승을 부릴 때였다. 6학년 여름방학을 보내고 나면 고국에서 여름이 마지막이 될 것 같아 가까운 곳을 택했다. 김밥을 말며 즐거웠다.

소풍은 등짐이 무거워도 즐겁다. 숲은 변함없이 우릴 맞아주었다. 쭉쭉 뻗은 나무며 아직 흰머리 채가 피어나지 않은 갈대숲엔 여린바람이 잠시 쉬었다 가기도 했다.

'바람의 언덕'은 서울숲에서 가장 높은 곳이다. 한강에서 항상 바람이 불어와 바람의 언덕이 되었다. 바람이 일렁이는 갈대도 볼 수 있고 방사된 고라니, 꽃사슴, 한강도 내려다 볼 수 있다. 힘들게 올라온 보람 있게 널찍한 나무 아래 자리를 잡았다. 나비체험장과 꽃사슴 먹이 주느라 시간을 소비해 어느새 태양이 저만치 기울었다. 이별은 예고하기 싫었지만, 시간은 그렇게 이별처럼 흐르고 있다.

김밥을 먹으며 스케치북에 데생을 열심히 하는 아인이 오후의 석양빛에 마치 르누아르 그림 속 여인처럼 성숙하니 아름다워 보였다. 올라오다가 만난 키 작은 갈대를 기억하며 나도 데생을 하는데 "할머니는 왜 갈대가 좋아?"라는 아인이의 질문에 답이 궁색했다. "아인이는 왜 나무를 좋아할까?"라면서 궁색한 대답을 한 셈이 되었다. "나는 캐나다 가서 크리스마스에 트리를 걸으려고. 할머니 얼굴, 그리고 아까 본 아기꽃사슴, 또 나비들도 그려 장식하면 근사할 걸…"

캐나다에 있는 아인이가 할미인 나에게 톡을 보내준다. 어느 날 훌쩍 자란 수영복을 입은 사진도 보냈다. 이따금 아인이가 '서울숲 나무 형제들'이라는 이름을 붙여 보내기도 하는데 서울숲에서 푸른 나무를 데생하던 그날의 하늘을 생각한다.

"서울숲은 알고 있었던 거야. 봄이 되면 꽃을 피워야 하고, 여름이면 갈대꽃을 피워야 하고, 가을이면 나뭇잎을 떨어뜨려 겨울을 준비해야 하는 것을…. 그날 '바람의 언덕'에서 너와 데생을 한 할머니 갈대가 푸른 하늘을 이고 은빛으로 캔버스에 가득 피어나고 있어."라고 아인이에게 답신을 보낸다.

바다 이야기

"할머니, 내 생일에 무슨 선물해 주실 거예요?"

깜빡 아인이 생일을 잊고 있던 게 조금 미안했다. "그건 비밀~"이라고 얼버무렸다. 이내 '제 생일은 어쩜 저리도 야무지게 챙기나?' 하는 생각이 든다. 시집간 딸은 이쁜 도둑이라더니 동지가 한 명 더 늘어난 셈이다. 어떤 선물이 좋을까 곰곰 생각해도 쉬 떠오르지 않는다. 학용품과 유행하는 완구까지 넘치게 끌어 안고 사는데 중복되는 것을 또 사준다는 게 내키지 않는다. 불시에 떠오른 게 '바다 보여주기'였다. 아인이과 함께 누군가에 무엇을 해줄 수 있다는 만족감에서 오는 게 아니었을까.

구불구불한 카라벨 고개를 넘으면서 창밖 하늘을 올려다보던 아인이가 "할머니 서울 하늘색하고 여기 하늘색이 다른 이유가 뭐야?"라고 했다. "그건 '공해' 때문이야."라고 아직은 아이가 이해하기 쉽지 않은 단어를 내세울 수밖에 없었다. 황사며 미세먼지로 사람과 자연까지 찌들고 시들어 제빛을 잃어가는 현실을 어떻게 설명해야 할까.

점심을 먹기 위해 화천휴게소에 정차했다. 주문한 카레 요리가 나오자 야외테이블로 나가 앉았다. 시원한 나무 그늘 아래서 우아하게 접시를 비운 우리는 커피도 나누어 마셨다. 흡족해 하는 아인이가 "할머니 나 기분 짱이야." 한다. 웃는 그 모습이 갓 피어난 줄장미처럼 싱그럽다.

오후의 물치항은 한산하다. 모래도 없는 자갈투성이 해변을 신나게 뛰어 다니던 아인이가 "할머니 선물은?" 하며 다가앉는다.

"저기~"라고 웃으면서 바다를 가리켰다. "으응~ 저게 무슨 선물이야." 깜짝 놀랄 선물이 나올 줄 알았는데 뜬금없이 바다가 선물이라니 실망의 눈초리가 역력했다.

샐쭉 돌아앉은 아인이를 꼭 안아주면서 조곤조곤 바다 이야기를 풀어 놓았다.

"아인이 생일(5월 31일)과 신비한 생물로 가득한 바다 생일(5월 31일)이 같다는 거 알아? 그러니까 바다가 아인을 초대한 셈이야. 바다는 우리에게 필요한 것을 많이 제공해 주는 특별한 친구야. 먹을거리, 땔감, 귀한 보석도 있지. 또 우리가 사는 지구의 날씨를 춥지도, 덥지도 않게 조절해 주기도 해. 여기에 숨쉴 때 꼭 필요한 산소를 만들어주는 역할도 해준다. 헌데 바다는 큰 여객선과 작은 고깃배를 띄울 수도 있지만 뒤집기도 하거든. 사람들이 욕심을 너무 부리거나 사랑해주지 않으면 성이 나서일 거야. 이런 바닷길을 통해 아주 옛날 장보고 아저씨는 돈을 아주 많이 벌어들였다고 해. 그래서 이 소중한 바다 친구에게 생일을 만들어 보호하게 된 거야."

바다 이야기가 지루했나. 아인이가 어느새 꿈 속을 헤매고 있었다.

일몰 61×73cm, 유화

백두산 천지 72×62cm, 유화

한국적인 정서
-시나위

  우리 민족은 어려움이나 슬픔이 닥쳤을 때 함께 이겨내기 위해 굿판을 벌였던 신명의 유전자가 자리 잡고 있다. 보이지도 않으며 그렇다고 만질 수도 없는, 수억만 시간의 흐름 속에서 세월의 풍화를 거쳐 흔적을 남긴 전통이란 유전적 진화가 지금까지 면면하게 이어져 내려왔다.

  무속신앙에 뿌리를 둔 태양숭배와 조상 섬김이 굿판의 신명 나는 타악의 코러스, 시나위는 보는 이들의 몸짓과 호흡이 자유롭게 넘나들며 소리의 융합을 이루며 이제는 글로벌 뮤직으로 진화해 가고 있는 신명풀이다. 수렵시대부터 태양신을 숭배하였고 땅의 지신을, 부엌의 조왕신을 섬기며 가족과 민족의 평화와 화해를 위해 지성을 드렸다. 이러한 개인적 무속신앙이 발전하여 오늘날 가톨릭과 크리스천 같은 공동체적 신앙을 태동시켰다고 하면 비약이 심한 것인가.

  고려의 불교문화와 조선의 유교문화가 융합하여 빚어낸 무속적 굿이 지금껏 살아있는 것은, 자연과 태양이 관련된 오랜 풍습이 인간의 삶과 맥을 같이 하여 왔기 때문이 아니겠는가. 우리의 조상들은 가뭄 해갈을 위해 기우제를 올리거나 역병이 창궐하였을 때 굿판을 벌이는 것은 안녕과 역경을 이기자는 국민적 합의였다고 생각된다. 이런 것은 무속적 의미 이상으로 자리매김되고 유전되어 내려와 현대인의 조급한 마음속에 용해되어 신앙 역할을 해주고 있음을 보게 된다.

'굿'의 사전적 의미는 구경거리지만 모인다는 뜻도 내포되었다. 모여서 공동체 내의 일을 의논하고 풀어가며 공동체적 염원을 집단적으로 기원하며 집단적 신명으로 승화시켜 새로운 삶의 결의를 다지는 종합적 이벤트로 변화되었다. 국가가 총체적 위기를 맞이하였을 때, 국론이 분열되어 열심히 살고있는 국민이 큰 상처를 받았을 때에 단결된 힘으로 극복하고자 신명나는 굿판 축제가 필요했다.

해마다 섣달그믐날이면 고행도 불사하는 해맞이 풍습도 있다. 무한경쟁시대 이웃을 생각하고 어려울 때일수록 단결하는 민족 고유의 정서 회복과 가치관 확립이 요구되는 이때 벌이는 해맞이 굿판은 서로의 위안이며 힘의 농축이다.

노름마치풍의 시나위는 우리 민족의 문화가 종합적으로 내포된 한국 전통문화의 대표 상품이다. 특별한 장소가 아닌 도시 한복판이든 아파트 마당에서도 놀이패와 마주치면 장단을 맞추고 어깨를 들썩이며 호흡을 맞추다 보면 신명이 난다. 그것은 생활 속에 노랫가락이 있고 슬플 때나 기쁠 때나 가락을 흥얼대며 살아왔던 우리 민족의 정서 때문이다. 특히 비나리, 살풀이춤, 판굿은 관객과 함께 웃고 울며 수 세기 동안 함께 성장해 온 전통의 뿌리다.

'비나리'는 소망이다. '빌다'의 명사형으로 사람들의 일상생활에 방해가 되는 액살을 물리치고 순조로운 삶을 영위하고자 소망하는 바를 기원한다.

무대 중앙 소반에 정화수가 놓여 있다. 관객이 줄을 지어 나서며 저마다의 소망을 기원하는 퍼포먼스가 시작되었다. 길게 이어지는 줄서기지만 전혀 지루하지 않고 낯설어하지 않고 두 손 모아 합장하는 관객들 표정은 간절함이 드러난다.

우리의 엄마와 할머니, 그 할머니의 어머니, 훨씬 윗세대의 무구한 삶의 일부로 내려온 비나리기에 무대 위의 퍼포먼스는 가슴을 울리며 눈물을 머금게 하였다. 장독대에서, 조왕에서, 우물가에서 가문과 자손들의 무병장수를 기원하던 어머니들이야말로 전통문화의 계승자들이다.

상쇠의 상모 열두 발이 무대 공간을 휘돌며 기하학적인 선을 만든다. 그 원 속으로 관객도, 염불도, 덕담도 함께 돌며 객석과 광대는 한 몸이 된다. 머리로는 하늘을 휘젓고, 발로는 땅을 박차고, 손으로는 사물을 돌리고, 신명 나는 타악기의 선율이 환상의 앙상블을 자아낸다. 이렇듯 위기적 협연이 가능한 글로벌한 유연성을 띠고 있는 게 시나위다. 잽이들의 기교가 천상의 서커스를 방불케 한다. 상모 끈 열두 발이 돌며 태풍을 동반한 회오리를 일으킨다. 그 바람이 남성적 힘의 발상이면 풍년가를 부르며 덩실대는 굿거리장단은 여성적 부드러움이다. 북, 장구, 꽹과리가 뇌성벽력을 치며 바람을 일으키더니 계류와 같이 장단을 맞추며 타협을 한다.

인간의 고뇌, 환희, 신명도 다스리는 이 능란함이 시나위가 품고 있는 힘이다.

어느 바이올리니스트 30×46cm, 수채화

백골을 위하여

꽃샘바람을 안고 윤동주 언덕엘 올랐다.

시인이 간 지 예순아홉 해 되는 이월 셋째 주일 차디찬 시비 앞에 시인을 사랑하는 이들이 모였다. 그런데 비좁은 야외무대와 객석은 어느새 등산 객들에게 점령되어 있었다. 막걸리 잔이 돌아가고 취객들이 쏟아놓는 음담과 문인들 낭송이 버무려져 청운공원은 왁자지껄 난장판이다. 예순아홉 해 전 일제에 도륙당한 조국에 속죄하듯 써내려간 숱한 시어들이 휘얼~휠 공중을 날아간다.

고향에 돌아온 날 밤에 내 백골이 따라와 한 방에 누웠다
어둔 방은 우주로 통하고 하늘에선가
소리처럼 바람이 불어온다 (중략)
백골도 울고, 아름다운 혼도 울고… (생략)'
-윤동주의 〈또 다른 고향〉

백골 몰래 아름다운 또 다른 고향엘 가자던 시인의 조국에 시인을 기억 하는 이들은 있어도 조국을 위해 눈물짓는 이들은 그 누구랴!

여전히 막걸리잔이 돌아가고 한층 높아지는 객소리를 피해 서둘러 자리를 떴다.

윤 시인이 정병욱과 함께 산책하며 시상을 키워왔던 인왕산 자락을 내려와 이중섭의 체취가 묻어있는 누상동과 이상이 살았던 통인동 좁은 골목으로 들어서자 비로소 사람 냄새가 물씬 풍긴다. 나지막한 옛집과 가게, 잡화상들. 근현대가 아우르는 삶의 흔적이 그대로다. 어디선가에서 이상, 이중섭이 불쑥 튀어나올 것만 같다.

통인시장에서 우리 입맛(고추장)과 또 다른 입맛(케찹)이 공존하는 이름난 기름떡볶이를 먹고 싶어졌다. 헌데 애써 찾은 시장이 쉬는 날이라니, 좁은 골목을 누비다가 불빛이 새어나오는 나지막한 가게 안으로 들어선다.

주인이 안내하는 옴팡진 자리에 앉는다. 이 집에 어울리는 막걸리에 두부 안주로 첫 잔을 들었다. 먼저 자리한 이들이 외쳐대는 '~을 위하여' 소망이 이른 저녁을 달구고 있다. 현대인들 속에 우리도 거부감 없이 편승했다. 탁배기 한 사발 들이켜고 고래고래 내지를 수 있는 이 밤이 행복했다. 윤동주의 백골을, 이중섭의 이남덕을, 이상의 금홍이도 함께… 위하여~ 위하여~.

나팔꽃 45×60cm, 유화

chapter 4

미완의
탐색

카라얀 30×46cm. 파스텔

문학의 앙가주망

봄이 저만치에서 오고 있다.

가녀린 매화 가지에 흰 점을 찍은 것 같은 꽃망울이 하나둘 늘어나고, 봄을 제일 먼저 알려주는 샛노란 프리지어가 꽃집에서 행인들을 유혹한다. 우리의 마음에도 이제 꽃이 피겠지.

봄날이라고 좋은 날씨만 있는 것은 아니다. 꽃길뿐 아니라 고단한 길도 기다리고 있다. 하지만 충분하지 않아도 절망하지 않을 만큼의 사랑과 정의가 이 사회에 남아있음을 보았기에 우리는 새로운 계절을 절망 대신에 희망으로 맞이하는 것이다. 새봄에 모든 이들에게 신의 축복이 있기를 빌어본다.

돌이켜보면 나는 그동안 화사한 봄꽃을 기다리는 것도 잊은 채 한 가지만을 염원하며 보낸 시간이었다. 문학과 예술만을 생각하면서 보냈다. 잠시 모든 걸 내려놓고 잠시 숨을 고르는 쉼이 필요한 때인 듯하다. 이제 양질의 삶을 위한, 맛깔스런 행복을 갖고자 갈망하는 이들에게 아름다움을 음미하는 자리를 일상 안에서 작지만 마련해야 되지 않을까.

새봄에 내가 추구하는 아름다움은 무엇인가. 아름다움은 모든 걸 내려놓고 조용히 눈을 감고 세상을 관조할 때 찾게 되는 것 같다. 감미로운 음악을 듣다가, 좋은 작품을 다시 읽을 때, 그림을 감상하고 있는 순간 문득 문득 찾아온다. 메마른 마음에 생기가 돌고 온갖 애증의 감정에서 잠시나마 자유로워지며 내면의 눈이 뜨이며 황홀하게 피어난다.

정치적으로 이 사회가 유난히 어지러운 이 봄임에도 다투어 피어날 꽃들처럼, 예술인들이 가리키는 가장 뛰어나게 꽃피운 기하학적 질서를 지닌 매혹적인 아라베스크 같은 명작을 기대하며 또 문학의 씨앗을 뿌린다.

새해를 맞이할 때면 '올해는 이것만은 꼭 실현해야지!'라고 힘주었던 것들을 한 해를 마무리하면서 여전히 답보상태임에 아쉬워하곤 했다. 아름답거나 시각적으로 드러나는 것만 전부가 아니듯, 미처 하지 못하고 이루지 못한 것들이 더욱 소중히 다가오는 것도 해를 넘기고 새해가 되어서야 절감한다.

봄이 되면 농부가 밭에 씨앗을 뿌리듯, 작가 또한 문학을 위한 씨앗을 함께 뿌려왔다. 자연이 아름다운 꽃을 피우고 온갖 만물을 키우듯 문학의 품도 넓어지고 내면의 아름다움도 깊어질 것이건만, 이 봄, 아니 우리의 봄은 꽁꽁 얼어 아직도 멀리 있다. 이토록 고단하고 불안하기만 한 현실에서 과연 문학인이 해야 할 것이 무엇일까 고뇌하게 된다.

3·1운동 100주년을 맞으며 목숨 바쳐 나라 지킨 선열들에게 부끄럽기 그지없다. 절망하지 않을 만큼 남아있는 정의도, 한일관계라는 블랙홀이 모든 이슈를 빨아들이고 있다. 일본의 경제보복에 맞서 온 나라가 극일을 외치지만 일본에만 의지해왔던 소재, 부품 산업이 막혀 건너야 할 다리가 길게만 느껴진다. 경제, 국방, 안보까지 전방위로 펼쳐지는 장기 전면전에 국가의 운명이 걸린 힘겨운 싸움을 되풀이할 수만은 없을 것 같다.

TV나 신문조차 보고 싶지 않을 만큼 혼란스럽고 불안한 이때, 패러디한 화젯거리가 눈에 띄어 필부의 머리를 잠시 쉬게 해준다.

대한민국 명문대학 졸업생들에게 해마다 하는 이색 설문조사가 있다. 모교를 부끄럽게 한 졸업생 둘, 또는 다섯 명을 선출하는데 누구나 알 만한 정계 인사들이다. 그중 1위 불명예 졸업생은 자신이 앙가주망을 실천한 주인공이라고 자찬해 지금껏 뭇사람의 비아냥을 받고 있다.

불어인 앙가주망은 계약, 서약, 구속의 의미다. 몇 년 전부터 세미나 주제로 발제하어 써보고 싶었던 문학론이기도 했다. 쉽게 사회참여를 말한다. 억압받는 계층을 위해 문학이 사회참여적 기능을 발휘해야 한다는 주장은 앙가주망과 맥락을 같이 한다. 개념을 구체화한 사람은 장 폴 사르트르다. 스스로를 사회 속에 던져 넣는 자기 구속으로 지성의 역할을 다하는 것이고 자유와 진실을 억압하는 압제에 맞서 부당함을 바로잡고자 호소해야 앙가주망이다. 여기에 사익을 배제해야 빛난다. 작가는 자신의 작품에 기술하는 것에서 그치는 게 아니라 오히려 드러냄과 보이게 함의 활동을 강조한다.

우리의 현실은 대내적으로 '청산' '보복'이라는 격동기를 관통하고 있다. 지배 · 피지배 세력 같은 대립 구도가 흑 아니면 백 대립 현상을 드러내고 있다. 이러한 현상을 통제하기 위한 권력의 파시즘은 이름 없는 필부들에겐 경이가 아닐 수 없다. 문학이 이 카오스를 어찌 헤쳐나가야 할까. 위기감마저 고조되고 유토피아는 멀게만 느껴진다. 사르트르에게 사상이 혼란한 이 시대에 적용되어야 하는가, 또한 문학이 참여문학으로 가야 하는가에 물음표를 던지고 싶다. 사회적으로 문화적이지 못한 상태에서 서로 다른 문학관을 갖게 되는 건 자연스런 현상이다. 시대 상황에 속박되어 반공, 방일을 외치며 살아온 7080세대였기에 순수성이 배제된 참여문학은 상상할 수 없었다. 알제리전쟁이나 2차 세계대전 같은 전쟁의 폭력을 겪으며 자유의 절실함과 구속을 온몸으로 저항한 사르트르와는 차별된다.

우리의 현실은 분단이데올로기 속에서 문학의 자율성이나 정치적 규제에서 자유롭지 못하였기에 지식인이나 문학인들의 교류나 순수 논쟁이 배제된 지 70년이 되었다. 여기에 한일관계의 블랙홀은 거짓과 위선으로 공감 거부를 일관하고 있기에 우리는 과연 이론에 얼마나 마음을 열 수 있을까, 지금도 갈등하게 된다. 그런데도 극에 달한 진영논리를 볼 때면 정말 우리가 같은 나라 국민인가 힘들 때가 있다. 공감이 힘들어진 때 같다.

지난봄, 모교에서 개교 80주년 맞이하여 초대를 받았다. 강당에 모인 전교생 앞에서 모교를 빛낸 졸업생을 소개하는데 나도 그중 한 사람으로 박수를 받았다. 모교를 부끄럽게 하지 않은 나의 문학에 감사하며 돌아왔다.

지금껏 써온 내 작품에 앙가주망은 없다. 불확실한 것에 나를 걸지도 않았기에 자기 구속에서 나를 해방하려는 것도 부질없다. 다가오는 봄을 설레는 가슴으로 기다리며 절망하지 않을 만큼의 정의를 사랑하는 겸손한 문학인이고 싶다.

이 봄에도 텃밭에 씨를 뿌리고 파종을 하듯 문학의 씨를 뿌리며 명작 아라베스크를 설계하고 있다.

까뮈 30×46cm, 파스텔

베르나르 베르베르 30×46cm. 파스텔

호크니 30×46cm, 파스텔

구스타프 프로베르 30×46cm. 파스텔

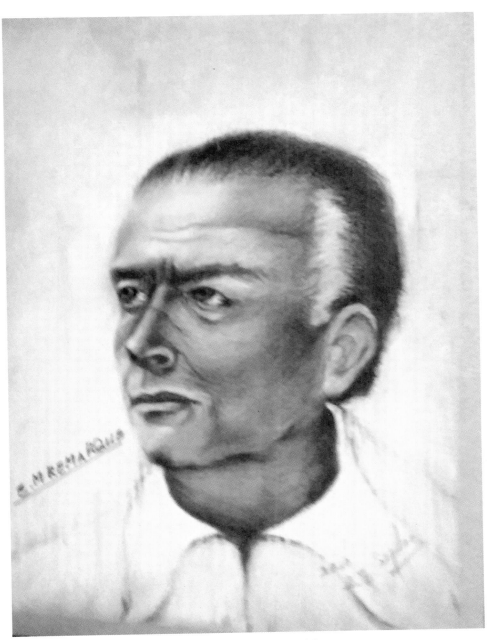

레마르크 30×46cm, 수채화

러셀 크르 30×46cm, 파스텔

내가 가장 활기찼던 내 삶의 그 하루

New Normal

지지고, 볶고 분주히 음식 장만을 하던 지난 추석과는 달리 올해는 차례를 지내야 하나 말아야 하나 갈등했다. 자식들 방문도 사양하고 부부만 오롯이 명절을 보내기로 했다.

전 세계에 불어닥친 재난으로 예외 상태의 현상이 당황스럽고 낯설다. 눈에 보이지도 않는 코로나바이러스가 종갓집이라는 책임과 절박성까지 내려놓게 했다. 당연하고 사소한 일상이었던 것들이 얼마나 소중한 은혜였는지 잃고 나서야 깨닫는다. 일상이었던 것들이 통제되고 새롭게 생활방식이 재구성되고 있다. 뉴 노멀은 지금 우리의 세계 안에서 단지 그렇게 '되어야 한다'는 당위적 차원이나 그렇게 '될 것이다'라는 예측과 가능성의 영역이 아니라 이미 그렇게 된 현실성과 사실성으로 자리 잡고 있다. 위기와 기회라는 단어가 자주 단어적 동근원성을 갖는다는 사실에 요즘은 우연 같지 않다.

과연 지금의 위기는 더욱 인간의 품위가 존중되며, 생태학적이고, 인간과 모든 피조물을 위한 지속 가능한 세계, 신께서 '보시기에 참 좋았다'라고 신앙인 관점에서 질문하고 답을 모색할 시기라 볼 수 있을까.

가장 활기찼던 사십 대에 '미리 쓰는 유언장'이라는 원고 청탁을 받고는 당황한 적이 있다. 처음엔 난해한 생각뿐이었는데 '내 인생은 지금 몇 시인 가?' 진지하게 되돌아보는 거대한 주제에 봉착하게 된 거다. 분리, 이별에 서 오는 고통과 상실은 내 삶과는 상관없는 것이라면서 오직 잘 사는 데 만 집착해 있을 때였으니까.

삼십 년이 지난 지금 미리 써놓은 유언장을 읽어본다. 품위 있는 죽음은 참 행복하다. 서두에서 잠시 눈을 뗐었다. 활기차고 건강한 삶이 길어 올린 마지막을 준비한 긍정적 마무리가 아름다웠기 때문이다. 법적 효율 없는 문학작품이지만 칠십 년 삶이 터득한 근본 가치에 적응하는 '연명치료 거 부'에 대한 확신을 이미 삼십 년 전에 유언하였다. 치료 효과 없이 임종 과 정만 연장하면 존엄하게 삶을 마무리할 수 있는 환자의 권리를 빼앗길 수 있기 때문이다. 판단 능력 있을 때 미리 작성하는 유언이야말로 얼마나 아 름다운 선택인가.

코로나19로 아카데미 가을학기 수업이 두 번째로 연기되었다. 내게 온 안 식년 같은 마음으로 남편과 내 영정사진을 그렸다. 편안한 미소가 있고, 내 솜씨까지 돋보여 이만하면 족하다. 오늘 이 순간이야말로 내겐 가장 활기 찬 삶으로 빛난다.

순환

  할아버지와 증조할아버지, 고조할아버지, 아니 어쩌면 그 이전부터 함께 살아온 회나무가 고사했다.

  절가리 헌산 입구에서 수없이 닥쳤던 가뭄과 풍상에도 묵묵히 견디며 풍채와 위용을 자랑했었다. 그런데 얼마 전부터 일부 가지가 말라가며 꽃을 피우지 못한다고 해서 올 사월에 가보니 잎도 틔우지 못한 채 몸 전체가 바짝 말라 있었다. 우리 이씨가문의 선산과 농지를 지켜주는 수호수라 늘 자랑스러워했는데 허연 가지를 뻗은 채 바람에 흔들리는 모습은 흡사 유령을 보는 듯 가슴이 섬뜩했다.

  관리인이 "오래전부터 왜가리 서식지인지라 그것들이 싸는 배설물이 산성화되어 그 독성이 온 나무에 퍼져 죽음에 이르게 되었다."라고 했다. 나무의 생장점은 가지 끝에 있는데 가을에 겨울눈을 만들어 놓아야 이듬해 봄 잎눈이 터야 새잎과 새 가지를 만드는데 산성화된 배설물로 인해 줄기에 상처를 입어 뿌리가 서서히 부패해 수분과 영양분이 중단되어서 결국 죽음에 이르게 된 것이다.

  헌헌장부 같은 품새로 수많은 생명에 의해 야곰야곰 수명을 갉아먹어도 회나무는 말없이 그들을 받아들이며 죽임을 맞이한 것이다. 죽어가는 나무는 보지 못하고 눈꽃처럼 내려앉은 왜가리게 마음을 빼앗긴 채 '왜가리가 풍요와 안녕을 주는 영물'이라고 그들의 모습을 카메라에, 핸드폰에 담기 바빴으니 참으로 지각없는 인간들의 모습이 아니었던가. 표피가 떨어져 나가는 고통에 신음조차 내지 못하고 품고 있는 생명체와 공존한 홰나무의 덕목에 그저 가슴이 먹먹할 뿐이다.

며칠 전 오래된 영화 『아바타』를 3D로 다시 보았다. '아바타'는 세상의 특정한 죄악을 물리치기 위해 신이 인간이나 동물의 형상으로 나타나는 것이라는 산스크리트어의 '하강'이란 뜻이다. 영화에서 창조한 상상의 공간 판도라행성에 자연과 공존하며 사는 '나비족'이라는 유일한 생명체가 존재한다. 지구상에선 찾기 힘든 이색적인 자연과 생명력 넘치는 동물들이 가득한 창조된 공간에 어느 날 인류와의 전쟁이 벌어진다. 인류가 벌이는 파괴와 살인하는 장면이 입체화면으로 내 눈앞에서 펼쳐지고 있었다.

푸른 피부를 가진 나비족과 모든 자연은 DNA가 연결되어 슬픔과 기쁨도 공유하고 있었다. 눈이 시려울 만큼 아름다운 자연이 인류의 최신예 무기에 의해 파괴되어 화염에 휩싸인다. 그때 가슴을 울리는 신령의 울음소리를 듣게 되는데 영혼을 가진 나무가 쓰러지자 나비족들이 절규하며 피를 토하는 죽음의 소리였다.

영화 속에 창조된 공간이지만 인류에게 던지는 중요한 메시지였다. 선산과 농지를 지키던 신령스러운 수령이 800년인 홰나무가 죽던 날도 이렇듯 울음을 토하지 않았을까. 생명체에 의해 거대 생명체가 희생되는 건 어쩔 수 없는 자연계의 순환이라지만 바라볼수록 숙연해진다. 다행히 멀찍이 떨어진 자리에 심은 어린 홰나무가 잘 자라고 있어 그나마 위로는 되었다.

자연의 순환에 순응하며 묵묵히 몸을 내어준 어미 홰나무가 곁에 있어 많은 에너지를 주리라 믿으며 돌리는 발길이 한없이 무거웠다.

학교 가는 길 30×46cm, 파스텔

중국 장족 아기 46×30cm, 파스텔

미래에 대한 나의 희망

자화상을 그리다가 잠깐 연필을 놓았다.

지난해 가을 셀카로 찍은 사진과 지난주일 성당 마당 벤치에 앉아 있을 때 배경이 근사하다며 후배가 찍어준 사진을 비교해 보니 두 모습이 너무 다르다. 1년이라는 세월이 피부에 주름을 그어놓았고 늘어진 얼굴선을 만들어 놓았다.

어찌할까. 난감했다기보다는 혼란스럽다. 과거 모습? 지금의 나를 그릴 것인가? 주름이며 처진 이미지를 그대로 그릴까, 살짝 포토샵을 할까? 그러다가 작품집 6집에 썼던 오래된 그림을 찾아냈다.

자화상이 꼭 지금의 모습일 필요는 없지 않은가. 고심 끝에 거울을 보면서 데생한 자화상 그림을 선택한 것이다. 지금 내게서는 없는 사라진 신선하고 청순함 때문이었다. 귀에 붕대를 감은 반 고흐의 괴이한 〈자화상〉(오르세미술관 소장)을 관람한 감동은 지금도 잊을 수가 없다. 수염도 없는 온통 블루 톤의 피카소 자화상을 봐도 난해하기 그지없다. 화가 중에 자화상을 가장 많이 그린 크림트의 〈젊은 날의 초상〉은 젊은 날 그의 욕망과 고뇌가 표출돼 있어 많은 호감을 준다. 나는 그동안 이름 없는 많은 화가들의 자화상을 보았다. 그들의 자화상 또한 미와 조화의 법칙을 떠나 자신을 밝히려는 절대적 욕구가 넘쳐 있었다.

자화상을 그리면서 생각이 시소를 탄다. 다시 연필을 잡는다. 그라파이트가 아는 길을 가듯 입과 코, 눈과 눈썹 선을 연결하고 우련하게 턱 밑에 농담을 넣는다. 나 자신을 끄집어내는 눈에 초점까지 찍었다.

아, 이 낯선 여인은 누구지? 화판에서 미소를 띠는 미래 나의 자화상이 태어났다. 과거, 현재, 미래의 자화상을 그리는 이 순간 나는 행복감을 느낀다.

이 소소한 행복이 미래에도 이어지는 게 나의 희망이기도 하다. 글을 쓰며 그림을 그리며 영혼의 위안을 얻으며 사는 희망이 있는 나의 미래를 캔버스에 그리고 싶다. 오늘은 AF 크기 화판에 내 미래 자화상을 데생하고 사인도 멋지게 했다.

머지않은 미래 100호 캔버스에 담겨질 그림은 '희망'이란 주제의 유화다. 그리고 구상화 개인전을 여는 게 미래 나의 희망이다. 그 희망이 쑥쑥 자라게 열정을 다해 붓질을 해야지…

설화석고
-겨울의 환(幻)

꽤 여러 날을 기다린 후에야 '설악동방가로'에 머물 수 있게 되었다.

해마다 찾아오는 설악산이지만 올 때마다 설악은 늘 새롭고 웅장하다. 지금의 설악은 물도 붉고 사람도 붉고 만산홍엽, 천지가 빨갛다.

집에서 출발할 때는 아직 노염(老炎)이 기승을 부렸는데 홍천을 지나 신남에서부터는 체감 온도가 달라지고 현리, 한계령을 지나 고성 설악동에 오니 완연한 겨울이다.

최신식은 아니라도 필요한 시설은 갖춰놓은 자그마한 이 방가로는 자주 찾아오는 나의 쉼터다. 누구와 경쟁할 일도, 빨리 처리해야 할 업무도 없지만 문득 혼자이고 싶을 때가 있다. 그럴 때 '아, 나는 아직도 살아있구나.'라는 젊은 기분으로 씩씩하게 고행의 길을 떠나곤 했다.

설악동은 어둠이 일찍 찾아온다. 보랏빛 어둠 속에 병풍처럼 솟아있는 울산바위가 태곳적 형상으로 신령스럽게만 다가온다. 바람 부는 쪽으로만 기울어진 바람부리 전나무 군락은 흡사 수십 명 무희를 보는 듯 기이하고도 정답다. 이렇듯 설악산은 변화무쌍하게 자신의 일부를 떼어주고 자신을 기억하게 하는 묘한 힘이 있다.

입실하기 전 안면 있는 할머니 두부집에서 먹은 고소한 손두부와 막걸리가 소화되지 않았는지 든든하여서 저녁 끼니를 대신해 준다. 두려울 만큼 긴 설악의 겨울밤을 위해 늘 동반하는 것이 있다. 예쁜 와인 잔과 스카치위스키, 그리고 램프다. 램프에 불을 밝히자 작은 불길은 서서히 어둠을 삼켜버린다. 어둠이 밀려간 자리에 도둑처럼 스며든 찬바람 내음이 싱그럽다. 화려한 휴가를 즐기는 호사보다 때론 이렇게 단순하고 한적한, 어디엔가 한 귀퉁이쯤 고독함이 남아 있는 게 좋다. 내게 많은 것을 내어주는 이 산악의 밤을 위해 편한 마음으로 육신을 풀어놓는다.

몇 시간 전 설악동을 오기 위해 여행 가방을 싸며 기대와 염원을 함께 하였다. 지난해 겨울 한계령에서 만난 안개 쇼를 다시 볼 수 있었으면 하고…. 자연의 숨은 원리를 인간이 감히 알 수 있을까마는 어쩜 신의 실수로 인해 재현될 수도 있지 않을까 하는 은근한 기대를 해보았다.

지난겨울 그날은 참으로 기분 좋은 날이었다. 평생 한 번 볼 수 있을까, 아름다운 자연의 조화를 감상할 수 있었던, 운이 좋은 날이기도 하다. 안개가 연출하는 파노라마에 순간 숨이 멎는 것 같았다. 눈 앞에 펼쳐지는 스펙터클 장관은 분명 현실이었다.

한계령 아래 삼라만상, 산과 나무, 계곡과 건물들이 일제히 안개에 점령당한 채 숨죽이고 있었다. 오직 살아있는 것은 한계령 고갯길을 알리는 수은등만이 희미한 빛을 발하며 신음하고 있는 듯했다. 산 위에서부터 떠돌이 바람이 몰고 온 안개의 위력에 숨탄것들이 순종하는 듯 복종하는 것 같았다.

난생처음 보게 되는 광활한 안개 바다! 신이 세상 끝에 숨겨 놓은 가장 귀하고 위대한 모습이 찰나에 펼쳐졌던 것일까. 언어보다 더 오래된 것이 그림이거늘 어떤 언어로 표현해도 궁색할 것 같은, 한 폭의 거대한 수채화였다. 붓으로도 그릴 수 없을 만큼 위용스럽고 아름다운 장관을 다시 볼 수 있을까. 내가 해마다 설악동을 찾는 건 그날의 안개 쇼 장관을 다시 볼 수 있을지도 모른다는 막연한 기대감 때문이다.

자연은 이해의 대상이 아닌 공존의 대상이다. 바람과 젖빛 안개가 빚어내는 파노라마! 은밀하고 기이한, 산이 키워내는 수많은 생명들 이 모두가 장대한 예술품이었다.

어느새 달이 떠올라 울산바위에 걸렸다. 달빛이 새어든 방안은 램프를 밝히지 않아도 우련하다. 워낙 적요하여 스카치위스키 한 잔을 마시고 나서야 베란다로 나갈 용기가 생겼다.

나무가 있는 곳엔 그들만의 삶의 풍경이 있다. 싸늘한 달이 풀어놓은 은분을 입은 전나무들이 마치 설화석고처럼 변했다. 바람이 건드릴 때마다 나무들은 저마다 하프, 바이올린, 플롯, 바순 같은 악기가 되어 지금껏 들어보지 못한 불협화음을 토해낸다. 이곳에서만 벌어지는 가장무도회다.

저마다 이름이 붙여진 생명체들은 이 냉혹한 겨울에 살아남기 위해 자연의 순리에 적응하는 지혜를 쌓게 될 것이다. 그리고 자신들의 이름이 다시 불려질 기다림의 인내도 배우게 되겠지.

우포늪의 여명 62×72cm. 유화

인디언 노인 30×46cm, 파스텔

미완의 탐색
-내가 걷는 문학의 길

뽀얀 장막으로 덮여 있는 듯 눈이 보이지 않았던 적이 있었다.

오전 수업이 퍽 즐거운 초등학생 때였다. 집으로 돌아오는 게 신바람이 난 것은 사랑하는 대상이 나를 기다리고 있었기 때문이었다. 대문을 들어서면서 먼저 달려가는 곳은 구슬이 집이었다. 내 발자국 소리가 나면 폴짝 문 쪽으로 와서 작은 두 발을 그물망에 올려놓는 게 나와 구슬이만의 애정 표현이었다.

어느 날, 어쩐 일일까. 문이 열려 있고 구슬이가 없었다. 눈앞이 아찔하여 풀썩 주저앉아버렸는데 샘가에서 엄마 소리가 났다.

"왜 그리 주저앉았어. 옷 버릴라. 어서 일어나!"

"누가 구슬이 집 문 열어놨어?"

반울음 섞인 항의에 그제야 땅에 주저앉은 이유를 알고 엄마가 황망히 달려오셨다.

"아니, 배춧잎 주느라 내가 열어놓고 그만 깜빡했구나."

아무 일도 아니라는 듯 샘가에서 일하는 엄마가 얼마나 미웠던지. 나는 뒤꼍과 장독대, 앞뒷집과 문밖, 논둑까지 찾아다녔지만 구슬이는 영영 다시 돌아오지 않았다.

그날의 슬픔과 상실감을 일기장에 빼곡하게 썼다. 구슬이의 빨간 눈도 그려 넣었다. 나처럼 작은 토끼 구슬이, 내가 안으면 빨갛고 둥근 눈을 스르르 감고 잠이 들었는데.

구슬이가 내 곁에서 사라진 뒤 나는 처음으로 그리움이란 걸 알게 되었다. 구슬이의 빈 집을 청소하면서 빨갛고 예쁜 눈빛이며 보드랍고 하얀 털의 촉감을 오래도록 잊지 못했다. 채 영글지 않은 나이에 맛본 상실의 아픔은 한동안 일기장에 쓰고, 지우기를 하며 상상의 날개를 달았다.

달콤한 사탕을 그리워할 나이에 일찍 맛본 상실과 기다림은 나를 더 성숙하게 해주었을 것이다. 시나브로 구슬이의 환상에서 벗어났는데 나를 분노케 하는 소문을 듣게 되었다. 걸미산 밑 외딴집에 사는 홀아비 아저씨가 낯선 토끼가 돌아다녀서 잡아 먹었다는….

주어진 삶에 순응하지 않고 우리를 탈출하여 생을 마감한 구슬이, 어느덧 소녀가 된 나는, 내가 믿었던 가치들이 더 이상 지켜주지 않는다는 생각도 하게 되었고, 기존의 관념에서 탈피하게도 되었다. 홀아비의 내 사랑 구슬이에게 가한 끔찍한 살생에 분노와 절망을 느끼며 인간의 본성과 깊이를 헤아리게도 되었다.

이렇듯 순수의 시절에 성장통을 앓으며 문학의 세계로 내가 다가온 것이다.

"내 어린 시절은 가난했습니다."라는 말은 어느 분야에서나 성공하였다는 이들이 교훈처럼 하는 말이다. 삶의 질을 경제 수준에서만 맞추어 관념적이고 사념적 근거에서만 국한하는 버릇이다. 나는 나의 유년을 어떤 기준에 비유해 평가절하하지는 않는다. 문학의 세계로 나를 오게 한 내 유년은 정녕 아름답게 빛났던, 지금도 내 삶의 가장 중심에 자리하고 있다.

동녘이 밝으면 처마 밑에 걸려있는 여치 집에서 "찌르 찌르 찌르르" 하는 청량한 노래가 흐른다. 밀집으로 내가 만들어 키우는 여치가 울어주는 아침 인사다. 대문만 나서면 뚝방 밑엔 냇물이 졸졸대며 흐른다. 너무 맑아 속살까지 훤히 드러낸 시냇물 속엔 하얀 솜털구름이 있고, 눈 비비고 나온 내 얼굴도 비친다. 아침이슬이 채 마르지 않은 풀섶에는 앙증맞고 예쁜 풀나비가 아직 잠에서 깨어나지 못한 채 붙어있었고, 방아깨비는 긴 다리로 놀라 달아난다. 들녘엔 단물을 품은 옥수숫대가 줄줄이 서있고, 참외밭은 단내를 풍기며 나를 끌어들인다. 명순네 원두막이지만 언제든 올라와 숙제도 하고 한낮에 잠깐 꿀잠도 즐길 수 있다. 논둑, 밭둑 어디를 둘러봐도 풍요롭고 평화스럽다. 여름녘 큰 냇가는 어느 화가의 풍속도를 옮겨 놓은 듯 알몸의 여인들이 희희낙락하며 하루의 고단함을 풀어놓는다. 나도 언니처럼 알몸으로 시원한 냇물로 뛰어들려다 소스라쳐 놀랐다. 내 몸의 변화가 넷째 언니를 닮아가고 있잖은가. 나는 어느새 풋풋한 여성이 되어가고 있었다.

나를 키워온 절반은 환상이다. 어제의 상상과 관념화된 수필의 모습에서 탈피할 때가 되었다. 새로운 장르의 개척은 실사탐구에 있다. 마돈나처럼 구원의 존재에 머무르지 않고 독자성을 지닌, 내가 사는 시대에서 자유로운 느낌을 써야 한다. 자의식에 변화를 갖기에 현실은 관객에게 아낌없는 풍요를 제공해 준다. 여태껏 알지 못하였던 공연예술과 회화전시가 우리를 놀라게 해주고 있다. 댄스뮤지컬 『백조의 호수』에서 차이코프스키와 야성의 남자 백조를 만났다. 그의 생애와 아픈 사랑, 아름다운 선율이 그의 사

후에도 불멸의 작으로 갈채를 받는 데는 그 속에 깊숙이 내재된 문학성 때문일 것이다.

세계적인 고전을 자유자재로 패러디하고 변형하고 또 각색하지만 예술의 본형은 그대로 살아있다. 규범적이고 정형화된 고전발레의 틀을 깨고 우아하고 낭만적인 여성 백조에서 근육질 남성의 야성적이고 역동적인 군무로 변화시킨 연출에 박수를 보냈다. 작품 속 몸언어 하나하나에서 문학이 어떻게 달라져야 하나를 보여주고 있었다.

거대한 무대로 뮤지컬 매니어를 흥분시킨 프랑스 뮤지컬 『딕스(십계)』는 1200년 전 출애굽 사건, 땅으로 향하는 구약성서다. 이 작품은 이스라엘을 선, 이집트를 악으로 구분하는 이분법에서 인간적 사랑으로 화해하는, 신이 아니면 결코 할 수 없는 아름다운 구원을 보게 된다.

월남전의 신화 속에 탄생한 『미스 사이공』에서 전쟁이 남기고 간 자리에 먼지처럼 부유하며 궁핍하게 어머니 나라에서 살고 있는 아이들을 본다. 한국전쟁으로 인해 많은 고아가 낯선 땅에서 삶을 개척해야 하는 비극적 삶을 이 땅의 성인들은 얼마나 반성하고 있나.

비극적 사랑의 영원한 고전 『로미오와 줄리엣』과 아프리카 뮤지컬 『우모자』, 『DMZ』를 찾아 분단의 현실과 모순을 확인하였고, '나눔의 집'을 찾아 일제의 만행과 할머니들의 한 맺힌 설움을 공유하기도 했다. 현장답사를 통해 예술적 소재를 확대하였고, 역사의식, 사회의식, 민족의식도 문학의 소재에 담았다. 선과 악의 윤리의식은 문학의 영원한 소재다. 한정된 소재에서 뮤지컬로 소재를 확대·접목하여 나만의 수필 장르를 개척하게 되었다.

아주 오래된 일기장엔 데생이나 구도, 명암과 원근이 무시된 그림들이 있다. 그 데생들은 내 문학의 주인공들이다. 구상적이기도, 비구상적이기도 한 대상에 생명을 불어넣고, 색을 입히기 시작했다. 예술성과 심각성이 콜라보 된 종합예술. 이것이 앞으로의 문학이 가야 할 길이다. 글도, 그림도 내 문학 속에 담기 위해 부지런히 붓을 놀리며 탐색한다.

황금색에 천착한 화가 구스타프 크림트나 데이비드 호크니의 화려하고 매혹적인 작품은 늘 짝사랑이다. 이들을 짝사랑하기에 늦은 때는 없다. 내 생의 절반이라도 그리고 싶다. 문학과 그림, 그림이 있는 문학, 아름다운 동반이다. 생의 절반을 생각하며 써놓고 생의 절반은 그리지 못한 미완이다. 문학은 자신이 살고있는 시대에 대해 끊임없이 생각하고 동시대인에게 아름다움을 일깨워야 한다. 과학자나 발명가는 시대에서 가장 앞선 것을 만들지만 그들이 잊어버린 것을 문학이 채워주고 예술이 탐구해야 한다. 절대적 가치가 사라진 오늘날 이것이 우리가 문학의 세계로 온 이유이기도 하다.

나이듦의 역설

일주일이면 네댓 권씩은 배달되는 작품집들을 받게 됩니다. 그동안 작품 활동에 게을렀던 탓에 마치 숙제 안 하고 학교 갈 때의 불안감과 가슴 한 구석에는 소리 없는 나무람까지 듣습니다. 그럴 때면 나 자신을 그럴싸한 이유로 감싸기도 하고 채찍질도 하는 섣부른 미봉책으로 마음을 다독이곤 했습니다.

며칠 전 반가운 시집을 받았습니다. 등단 초부터 함께 동인 활동을 하였는데 어느 날 갑자기 소식이 끊겨 까마득히 잊고 있던 P시인의 개인집이었습니다. 프로필에 시인의 사진이 없어서 그때 그 시인인지 의문을 가지면서 시집을 펴 읽었습니다. 예리한 시어 속에 농익고 융숭한 맛을 담아내고 있는 책머리에서 P시인도 이제 나이가 들었구나, 짐작이 갔어요.

강산이 수없이 바뀌는 세월을 보내며 시인은 여전히 삶에 대한 진지한 질문을 구절구절 던지고 있었습니다. 귀가 순해져 어떤 들음에도 순화되는, 하늘도 용서하는 나이가 되어 이 시대를 나와 함께 살고 있네요.

문득 고백하고 싶은 것들에선 가슴이 뭉클하는 공감을 불러냈어요.

그토록 많은 어제

나는 무엇을 했을까

영수증도 없이

그저 아리송할 뿐

어떡해

까마득하기만 한

내 영혼의 주소

　젊은 시절 고뇌하며 글쓰기에 몰두했던, 만나면 반갑던 문학의 동지답
네요. 우리는 이 시간도 평화롭다지만 평화롭지 않고, 행복하다지만 결코
행복하지 않은 오늘을 살고 있습니다. 같은 마음으로 세상을 보고, 질문
을 던지고 난을 치고, 묵향 가득 담아 붓글씨를 쓰는 시인의 노년이 아름
답고 역동적입니다.

　통계적으로 미국의 노년들은 나이들수록 행복하다는데 한국의 노년층
엔 가난, 질병, 외로움이라는 삼고가 붙었습니다. 그러나 요즘 노년기의 모
습은 일반적 편견보다 훨씬 다채롭습니다. 주변을 돌아봐도 젊은이들보다
더욱 적극적으로 좋아하는 취미생활을 하며 즐겁게 사는 분들이 늘고 있
어요. 노년기의 안녕에 긍정적 영향을 미치는 것은 三苦 같은 편견을 버리
고 개인의 다양성과 잠재력을 이해하는데서 시작한다고 봅니다. 고령화 속
도가 수준급으로 빨라지는 이때 빨라지는 고령화 속도만큼이나 노년기
를 새로운 활동력과 행복의 시기로 바라보는 시각의 변화를 갖추어야 합
니다. 나는 수동적 존재가 아니라 현실 극복의 적극적 존재임을 인식하는

게 중요하고 나이듦은 쇠퇴가 아닌 시작이기에 지금껏 미루어 둔 것에 맞서는 재도전이라 봅니다. 그렇기 위해 어떤 선택이 필요할까요. 내가 지금 할 수 있는 일을 시작하기 위해선 지속적인 배움이 필요합니다.

예를 들면 미국인이 가장 사랑하는 국민화가 '모지스' 할머니는 76세에 그림 그리기를 시작하여 101세까지 1600점을 남겼습니다. 80세에 개인전을 열고 100세에 세계적인 화가로 알려졌지요. 그녀는 미술을 체계적으로 배운 적이 없다고 회고 했습니다. 열 명의 자녀를 낳았고, 가사를 돕기 위해 치즈를 만들어 팔았으며 퀼트를 하여 집안을 장식하고 눈이 어두워 바늘귀를 꿸 수 없어 붓을 들고 그림을 시작한 역동적 여인의 표상입니다. 1800년대를 풍미하며 회화사를 지금껏 빛내고 있는 피카소(1881)에서 모네(1890) 샤갈(1887) 르느아루(1841) 모릴리아니(1884) 등은 정식 미술교육을 받고, 편한 작업실에서 여러 화가들과 교류하며 자신들의 관점을 일관되게 추구하며 예술에만 몰두하였어요.

당시 모지스할머니의 삶은 우리네 삶과 별반 다를 것 없는 필부로 "삶이 내게 준 것들로 나는 최고의 삶을 만들었습니다."라고 회고하였어요.

노년을 65세 기준으로 본다면 앞으로 평균 35년은 더 산다는 통계가 나왔는데 유행가 가사처럼 늙어가는 게 아니라 익어가는 거라면 짧지 않은 35년 어떻게 써야할까요. 성공적 노화의 목표는 개인마다 다를 수 있습니다.

지금 내가 할 수 있는 일에 집중하는 것이라면 수월하지 않을까요. 나는 두 가지를 선택해 집중하고 있습니다. 신앙적인 봉사와, 가슴에 묻고만 있었던 그림그리기에 도전하고 보니 정서적 만족감은 물론이고 하루가 짧아요.

'나는 절대로 흔들의자에 가만히 앉아 누군가 날 도와주겠거니 기다리고 있질 못해요. 때로 삶이 재촉하더라도 서두르지 마세요'라고 한 수백년 전 모지스 할머니는 노년에 닥칠 무료함을 이미 예견하고 최고의 삶을 스스로 만들어 살다 가신 행복한 할머니라 봅니다.

할머니가 그랬듯이 우리네 삶에도 늦은 때란 없습니다. 스스로를 계발하며 가능한 목표에 도달하면 행복한 노년이 기다릴 뿐입니다.

풍년 60×45cm, 유화

도리깨질

이 세상에는 전쟁만큼이나 고통스럽고 불합리한 전염병이 많이 있다. 코로나19 펜데믹이 공식적으로 선포되기 전만 해도 아무도 그것이 바이러스성 전염병임을 인식하지 못하고 그 이해불가한 사실을 인정하지 않고 외면하는 분위기였다.

오만하기만 했던 현대인들에게 보이지도 않는 바이러스로 인해 일상의 생활을 'stop'하게 될 줄은 상상도 못한 재앙이었다. 이제 근사한 식당에서 와인 잔을 기울이며 스테이크를 먹는 일은 요원해졌다. 우리의 삶이 모두 바뀌고 있다.

모자에 안경 마스크를 쓴 도둑 같은 사람보다 이젠 마스크를 하지 않은 사람을 더 두려워하는 세상이 되어버렸다. 이웃과 단절되고 남은 시간에 까뮈의 『페스트』에서 다시 지혜를 얻고 싶었다.

'전염병과 격리는' 언제 들어도 유쾌하지 않은 단어들이다. 페스트가 유럽을 휩쓸었을 때 하루에 만여 명의 사망자가 생겨났고, 거리엔 사망자가 쌓여가고 있었다는 믿을 수 없는 사실이 기록되어 있다.

세균이나 곰팡이보다 더 작은 게 바이러스이다. 이 바이러스로 전쟁보다 더 많은 사람이 죽었고 지금도 죽고 있다. '스페인독감'으로 전세계에서 5

천 명이 사망했으며, 5년 후 변종되어 출현한 신종플루가 전 세계인을 깜짝 놀라게 하였다.

페스트가 창궐한 당시 상황과 지금의 코로나19 사태와 유사한 점이 많다. 땅길, 바닷길, 하늘길이 막히고 페스트가 모든 것을 뒤덮어버린 상태에서 개인의 운명 같은 것은 없었고, '페스트'로 인해 격리와 폐쇄 등 발효된 페스트령이 계엄령처럼 엄중했다.

코로나19로 인해서 사회적 거리두기와 생활 속 거리두기는 '신종 코로나령'이다. 무기 발포의 위험은 없어도 각자 도생을 위한 철통방어와 준수해야 할 위생수칙으로 우리는 모두 이미 계엄령 속에 살고 있는 셈이다

먼저 경험한 메르스 사태를 겪었기에 언제든 침범할 수 있는 역병을 사회적 연대로 물리칠 수 있다는 면역력을 키웠다고는 하지만, 전세계가 이 엄중한 현실에서 그 누구도 자유로울 수도 없고, 앞으로 얼마나 더 불편을 감내하고 어떻게 살아야 하느냐에 봉착하고 있다.

보통 사람이 오늘 같은 삶의 현장에서 느끼는 무형의 공포감은 의학 차원에서만 해결될 것이 아니며, '한철 지나면 사라지겠지'라는 느슨해진 시민의식은 위험한 생각이다.

오늘을 사는 우리는 병든 사회 속 개인이고, 정신적 굶주림과 소통부재, 누적된 모순과 결핍의 병적 징후로 땀 흘리며 신음하고 있다.

익숙지 않은 코로나19와 맞닥뜨려서 균형을 잃고 있고 당혹스럽기만 한데 그나마 위로받는 건 작고 보잘것없는 존재들에게서이다.

도시의 이름 없는 못생긴 의사가 시작한 자원봉사대가 페스트란 병마와 싸우기 위해 태동되었다. 이 자원봉사 보건대가 1세기가 지난 지금 코로나

19를 맞아 다시 태어나 코로나바이러스와 싸우고 있다. 그들은 작은 영웅들이다. 자원봉사자들과 의료진이 보여주는 생명존중과 살신성인의 정신이 우리의 가슴을 벅차게 하고 감동시키고 있다.

바이러스는 지구 어디에도 있다. 다만 바이러스를 앞지르는 것이 우리의 할 일이라고 본다. 코로나23, 24는 언제올지 모르기에 이제 행운을 빌어야 할 것 같다. 질병이나 전쟁이 죽음의 카오스를 벗어나지 못하는 건 고정 관념일 뿐이다.

그렇다면 최악의 바이러스는 도대체 어디에 숨어 있을까. 우리가 안심하고 있는 사이 바이러스균은 죽거나 소멸되지 않고 오랜 세월 동안 가구나 옷가지 속에서 잠자고 있을 수도 있고 책갈피 속에서 꾸준히 살아 재앙과 교훈을 주기 위해 인간의 육체 속에서 숙주로 살고 있다가 또다시 출몰할 것이다.

그동안 아무렇지도 않게 누려왔던 우리의 소소한 일상이 얼마나 소중하고 거룩한 은총이었나 새삼 느끼게 된다. 유신론적이고 초월적인 '산다'의 의미로 환기 시키고 보면 희망적이다.

프랑스어로 재앙은 '도리깨'를 의미한다. 곡식을 타작할 때 사용하는 도구인 도리깨는 우주라는 거대한 공간 속에서 가차 없는 재앙 '도리깨'는 짚과 낟알을 가리기 위해 인류라는 밀을 타작할 것이라 했다. 많은 의미가 함축된 성서 말씀이다. 어쩌면 혼탁한 현실을 직시하는 오늘 우리의 사회상이 아닐까.

"God bless you."

김경실 화문집

사랑의 집